滄海美術／藝術特輯3

羅青 主編

民間珍品

圖說紅樓夢

王樹村 著

東大圖書公司

國立中央圖書館出版品預行編目資料

民間珍品圖說紅樓夢／王樹村著. --
初版. -- 臺北市：東大發行：三民
總經銷，民85
　　　面；　　公分. --（滄海美術）
ISBN 957-19-1880-6（精裝）
ISBN 957-19-1879-2（平裝）

1.紅樓夢—圖錄

857.49　　　　　　　　　　84012661

ⓒ 民間珍品圖説紅樓夢

著作人　王樹村
發行人　劉仲文
著作財產權人　東大圖書股份有限公司
發行所　東大圖書股份有限公司
　　地址／臺北市復興北路三八六號
　　郵撥／〇一〇七一七五―〇號
印刷所　東大圖書股份有限公司
總經銷　三民書局股份有限公司
門市部　復北店／臺北市復興北路三八六號
　　重南店／臺北市重慶南路一段六十一號
初　版　中華民國八十五年一月
編　號　E 94021
基本定價　拾柒元
行政院新聞局登記證局版臺業字第〇一九七號

有著作權‧不准侵害

ISBN 957-19-1879-2（平裝）

民間珍品

圖說

紅樓夢

羅青

「滄海美術／藝術特輯」緣起

　　民國八十年初，承三民書局暨東大圖書公司董事長劉振強先生的美意，邀我主編美術叢書，幾經商議，定名爲「滄海美術」，取「藝術無涯，滄海一粟」之意。叢書編輯之初，方向以藝術史論著爲主，重點放在十八、十九、二十世紀。數年下來，發現叢書編輯之主觀願望還要與客觀環境相互配合。因此在出版十八開大部頭的藝術史叢書之外，又另外出版廿五開的「滄海美術／藝術論叢」，把有關藝術及藝術史的單篇評論文章結集出書。

　　在廣向各方邀稿的同時，我發現以精美圖片爲主的藝術圖書，亦十分重要，不但可補「藝術史」、「藝術論叢」之圖片之不足，同時也可使第一手的文物資料得到妥善的複製，廣爲流傳，爲藝術史的研究評論提供了重要的養料。於是便開始著手策劃十六開的「滄海美術／藝術特輯」，儘量將實物及一手材料用彩色及放大畫面印刷出來，以供讀者研究欣賞。在唐、宋、元、明、清藝術特輯的大綱之下，編輯部將以機動靈活的方式不定期推出各種專題：每輯皆有導言，圖片附刊解說，使讀者能在最短的時間，對某一特定主題，有全面而深入的掌握。大家如能把「藝術特輯」與「藝術史」及「藝術論叢」相互對照參看，一定有意想不到的結果與發現。

搶救民間藝術的人

　　王樹村先生是當代著名的民間藝術研究學者，也是見識精審的民間藝術收藏家。他在過去五十年間，節衣縮食，大量購藏各種中國民間文物，數目之多，品類之廣，質量之精，在國內固無出其右者，在世界也算得上是數一數二。此外，他冒著各種罪名及政治風險，努力保存他的收藏，使之留傳人間至今，免遭浩劫，勇氣膽識、智慧毅力，也是少人能及的。

　　王先生不但收藏民間藝術，而且整理研究，並將心得發表出版，公諸同好。十多年來，出版論文集、畫集多種，以一人之力，不斷為他所寶愛的民間藝術珍品，四處宣揚，傳播美育，啟發後進，為中華文化在二十世紀的保存與發展，奉獻出半生心血，值得欽佩。一九八六年北京人民美術出版社出版的《中國美術全集》六十冊，其中繪畫編（二十一冊）中的《民間年畫》，如果沒有王先生慷慨提供佔全書百分之九十以上的收藏，那結果是不堪想像的。

　　現在，王先生又從其珍貴的收藏品中，輯出《民間珍品圖說紅樓夢》一書，從民間年畫（四十三幅）、詩箋、箋譜（四十六幅）、彩線刺繡（六幅）、燈屏、窗畫（十幅）、繡像、畫譜（三十幅），連環畫冊（二十四幅）等各類藝術品中，選出一百六十幅有關《紅樓夢》故事之插圖，洋洋大觀，美不勝收。全書所有圖片，均由中央美術院張海波先生精心攝製，精彩萬分，珍貴非常。這不但是「紅迷」的佳音，也是民藝愛好者的喜訊，更是古書收藏者的最愛。

我個人是清代水墨人物畫的愛好者，所收集的手卷冊頁，橫披立軸中，也有不少是以紅樓故事爲主題的。其中有些場景，一時不易考證，到底出於原書第幾回？有些人物，一時也無法確定，究竟是哪一位？現在有了王先生這部圖説，大體上皆可按圖索驥，一一確認。將來得緣，説不定可以出版一本《清代紅樓夢人物畫》，以與這本民間藝術相互對照。

　　老實説，中國水墨到了晚清，許多人物畫家，也都兼畫通俗的年畫及箋譜。或者我們也可説許多繪製畫譜，連環畫之類的民間畫家，也畫正式的水墨人物畫。這中間的關係及對二十世紀中國繪畫的影響，是一個值得我們繼續探討的課題。而《民》書的出版，正爲此項研究，打開了一面美麗的窗戶。

自　序

　　中國文學名著《紅樓夢》，反映的是清初官宦貴族的家庭生活和作者所處的社會概貌。它的人物刻畫、景物描繪、世俗風情、文化活動……皆以文字敍述成形，再由讀者想像而成立體形象。繪畫則是畫家根據小說文字描寫，參照現實生活中，諸如人物髮型、服裝佩飾、揖拜禮節、看燈猜謎、遊園觀花、納涼採蓮、中秋賞月、雪亭品茶、隔窗聽琴、倚欄看戲、釣魚調鳥、飲酒賦詩、弈棋作畫。還有柳岸之酒館、衙前之官宦、舟車之搬運、轎馬之往來、旗鑼傘蓋之儀仗、龍旌鳳輦之鑾駕，以及廳堂、樓閣、書齋、廊房、亭臺、水榭、衙署、橋樑，細至爐瓶三事、松石盆景、香案琴几、繡幔畫屏、各色燈槃、多寶格景……，無不繪製成形，體現出來，不啻一部古代世俗生活百科圖冊。這對研究中國園林建築格局，求壽治喪民俗活動，舞臺演出場景，飲宴坐席排場等等，傳統文化藝術方面，都有了具體形象資料。本圖錄所收的作品，是從清中葉到民國初年，各個時期的木版年畫、五彩詩箋、燈屏絹畫、玻璃窗畫、刺繡衣飾、繡像插圖、石印畫譜、連環圖冊等等數百幅藏品中精選出來的，大都是從未發表的孤本絕品，已是難以再得之物了。近年來，海峽兩岸研究祖國文化遺產的學者，往來不斷，一九九三年，羅青先生應邀至北京參加文學獎評審，會後參觀訪問，莅臨寒齋，鑒於這宗《紅樓夢》美術珍品，皆古代畫家精心繪製，又感到它經歷了鴉片戰爭及太平天國、八國聯軍、辛亥革命、反抗日軍侵略等戰爭，又經過了「文化大革命」十年浩劫，卻倖存無

毀，殊非易事！故邀東大圖書公司董事長劉振強先生精印出版，以期保存祖國文化於後世。這裡除謹表謝意外，因自己笨於筆墨，謬誤難免，敬希讀者慨然賜教。

王樹村 1995 年夏於北京西壩河小樓

目錄

1

3

4

民間珍品圖說紅樓夢

一、緒　言

　　中國古代文學分類中，有「通俗小説」一項，如《三國演義》、《西遊記》、《水滸傳》、《聊齋誌異》、《紅樓夢》……。統計起來，何止百種，其中不乏愛國思想、振奮民族精神和高度寫作藝術成就者，但都未能因一部小説而形成一種專門研究的學問；唯有清初曹雪芹《紅樓夢》一書，二百多年來，一直到今天，研究它的工作並沒間斷，而且還有大量研究的專著出版，成爲「紅學」。如《紅學叢鈔》（黃鉢隱編）、《紅學五十年》（潘重規著）等。近年來，北京中國藝術研究院紅樓夢研究所成立後，又附設「中國紅樓夢學會」。據其章程規定，宗旨是：「團結和組織全國紅學工作者，積極開展學術研究和國外業務交流活動，爲推動我國《紅樓夢》研究事業的發展而努力」。1980 年中國紅樓夢學會成立後，繼而上海紅樓夢學會、黑龍江省紅樓夢學會、貴州省紅樓夢學會、山西省高等院校紅樓夢研究會……紅學機構先後在各省、市成立。此外，又有「中國曹雪芹學會」於 1983 年在北京西郊香山臥佛寺成立。該會主要任務，除了開展對曹雪芹的作品《石頭記》研究外，還對曹雪芹的故居、墓地、旗營及其環境等等進行調查研究。之後，1984 年 4 月該會在香山正白旗三十九號成立了曹雪芹紀念館。

　　在有關「紅學」者的活動方面，較爲隆重的是「曹雪芹逝世二百周年紀念」。從 1962 年到 1963 年開展了一系列活動。其間，除了對曹雪芹的卒年爭鳴不已外，最顯著地是舉辦了「曹雪芹逝世二百周年紀念展覽會」。會場是在北京故宮文華殿，主辦單位是由中華人民共和國文化部、中國文學藝術界聯合會、中國作家協會和故宮博物院聯合舉辦，1963 年 8 月中正式展出。其內容第一部分是曹雪芹生平和家世；第二部分是《紅樓夢》的時代背景；第三部分展品是有關《紅樓夢》

中的戲劇、詩詞、文賦、續書、外文譯本及考證、研究等圖物；第四部分是清初人們的服裝頭飾、生活用品及園林建築等實物和照片。其他部分則是以《紅樓夢》小說爲題材的曲藝、雕塑、繪畫、戲曲、電影等方面的資料。在繪畫部分中，筆者收藏的幾幅年畫被借去展出，因當時「共產風」甚熾，深恐借去不復返，未敢全部拿出。倖美術部分由丁聰先生設計管理，得展畢收回。此次展覽閉幕後，經過精選，將這次展品壓縮到半數，於1964年中華人民共和國成立十五周年之際，運往日本國東京、大阪、北九州等大城市展出，爲「紅學」活動中，以美術、文物等形象資料參展的一次有影響的國際文化交流，也是一個介紹中國一部古典名著而出國的大型展覽會。這在中國通俗小說中，其他名著都是望塵莫及的。沒過兩年，一場震撼全世界的「文化大革命」開始了，「破四舊」、「橫掃一切牛鬼蛇神」等等令人驚心動魄的運動中，古典小說如《水滸傳》中的宋江都遭到了口誅筆伐地批判，而《紅樓夢》卻安然無事。推想其理，是因爲《紅樓夢》不但具有很高的文學價值，而且還保存了大量中國傳統文化之精華。因此，過去自己收藏的這部分《紅樓夢》題材的美術品，未遭破壞，得與讀者見面，眞可謂萬幸了！

二、清代的禁書不禁畫

　　《紅樓夢》小說在清代是屬禁書。當朝認爲坊間刊印的小說，因不免有誨淫誨盜之處，有害於人心風俗。故同治七年，丁日昌任江蘇巡撫，嚴禁坊間瑣語淫詞，毋許刊版販售。並錄札飭所屬藩司：「即於現在書局，附設銷毀淫詞小說局，略籌經費，倖可永遠經理，並嚴飭府縣，明定限期，諭令各書鋪將已刷各陳本，及未印版片，一律赴局呈繳，由局彙齊，分別給價，即由該局親督銷毀……計開應禁書目：《紅樓重夢》、《續紅樓夢》、《紅樓圓夢》、《後紅樓夢》、《紅樓後夢》、《紅樓補夢》、《增補紅樓》、《紅樓夢》、《金石緣》……」（以上僅錄有關《紅樓夢》之書目，詳見蔣瑞藻《小說考證》）。其時，令人惑然不解的是：朝廷一方面嚴禁《紅樓夢》小說刊印發售，將已刷之書，未

印之版明令銷毀；一方面是蘇州桃花塢，天津楊柳青等年畫產地，大量刷印《紅樓夢》題材的年畫，繪聲繪色地貼到北京及各地城鄉百姓家。甚至將那「賈寶玉初試雲雨情」，「送宮花賈璉戲熙鳳」等題材的小畫卷，送到王府大內貴人室中。所以張子秋（學秋氏）作〈續都門竹枝詞〉有：「紅樓夢已續全完，條幅齊紈畫蔓延」句。同時，得碩亭〈草珠一串〉（竹枝詞）有：「做闊全憑鴉片烟，何妨作鬼且神仙。閒談不說紅樓夢，讀盡詩書是枉然。」反映了社會上對《紅樓夢》小說的評議研究，已廣泛展開。不過當時對於《紅樓夢》一書之研究，還未名學派（「紅學」）。到了「光緒初，京朝士大夫尤喜讀之（《紅樓夢》），自相矜爲紅學云」。這是清末李放在《八旗畫錄》中所提供的「紅學」已形成的線索。按：李放原名充國字無放，號墨幢道人，遼寧義州人，官度支部員外郎。《八旗畫錄》分前後兩編，專錄清代屬滿洲八旗籍之能畫者。在後編卷中載有曹雪芹「工詩畫，爲荔軒通政之孫。所著《紅樓夢》小說，稱古今平話第一」。下注即前面的引文：「光緒初……。」紅學家們認爲這就是「紅學」一詞最早的出處。「紅學」一詞，從字面上講，就是研究《紅樓夢》的學問。最初學者多從索隱和考證方面去探討。嘗把小說中的人物牽扯到清初的人物和政治事件中去。或謂《紅樓夢》一書，即記故相明珠家事，或稱寶玉即納蘭性德等。民國十年（1921 年），胡適撰〈紅樓夢考證〉發表在上海亞東圖書館出版的《紅樓夢》前頁上，把《紅樓夢》研究，旨在弄清作者的家世、版本流傳，作者和作品方面，庶不致牽強附會。後來，紅學史家認爲胡適此一文章發表，界定了以前研究《紅樓夢》的索隱派、評點派爲「舊紅學」，之後的則稱之爲「新紅學」。由此，紅學家們對《紅樓夢》的研究更加開展，不僅探討作者曹雪芹的身世、畫像眞僞、起居搬遷地址，還探討作品的人民性、階級鬥爭……。關於《紅樓夢》小說及其學者們對它的研究，都已輯集成專著，無需在這裡「班門弄斧」。然而從美術方面，即《紅樓夢》題材的繪畫、版畫、雕刻、刺繡……等作品中，來探討《紅樓夢》在普通平民百姓中的反映，這點則有待於紅學家們的餘墨開拓這一新領域了。譬如說：民間木版年畫是過去勞苦大眾特別是農村百姓最歡迎的美術品，每年都要買幾張裝飾室內土壁牆上，以

3

點綴年華。清代的年畫中，早就出現了以《紅樓夢》故事爲題材的作品。若將這類《紅樓夢》題材的年畫收集起來，按不同年代，不同故事情節及繪刻產地等等，排列對比，不難看出民間百姓對《紅樓夢》中哪些人物和故事情節，最感有趣和同情。而畫面上的題詞，若以文人所作來與勞動群衆對《紅樓夢》中人物故事的詩詞相比，則雅俗意趣，截然不同，可供「紅學」家們研究。舉例來説：清代中葉蘇州木版年畫中的一幅題作《男女相愛圖》，畫賈寶玉與林黛玉在漏花方窗之下談情説愛。賈寶玉手托「通靈玉鎖」，林黛玉手拿絹帕，一手撫頤，似有羞意，圖上背景，繪以綠色芭蕉，粉紅花木於抹角方門之外。上有題詞：

花有清香月有陰，明和風光總宜人。
巾幗之中稱女傑，居然視我作前身。
無瑕玉，十分珍，爲有前緣了宿姻，
相逢相愛還相避，情長情短爲情深。
登仙閣上留嬌寓，七夕生辰巧命名。
世稱雙玉非無意，千里相投一段姻。
衆姣姐妹多相敬，瑤閣仙姬遊出群。
璧綵滿後歸仙取，千古奇傳世罕聞；
雙玉終參禪。

男女相愛圖　蘇州年畫
日本國大和文華館藏

文詞粗俗不訓，不爲紅學著錄所收。何況此圖早已流到日本國，現藏於奈良大和文華館。當然還有些流到俄國者，但爲數都寥寥可數，絕大多數還是存在國內。這就可以通過民間繪畫，間接地看到無文化的百姓對這一世界名著《紅樓夢》之反映，並爲「紅學」研究者提供了新資料。

三、《紅樓夢》插圖與畫冊

清代乾隆末年，萃文書屋第一次用木活字版印出《紅樓夢》時，卷首冠圖，以單面方式：前幅圖畫，後幅題句。圖中形式如繡像，尚無熱鬧情節刻畫。共收「石頭」、「賈氏宗祠」、「女樂」、「僧道」及「寶玉」、「史太君」等二十四圖。近年來已有翻印，不難看到。此後，附有繡像較多的，爲道光十二年（1832年）王希廉評巾箱本《紅樓夢》。所刊繡像自警幻至劉老老共六十四頁，前半繪人物圖像，後繪花卉、人物各配《西廂記》曲詞一句。詞意酷肖小說之人物。如「尤二姐」，旁配一枝桃花，詞云「游絲牽惹桃花片」，人物繪刻亦標致，爲清代版

5

妙玉　《繡像紅樓夢》博惜華藏

畫插圖中的佳作。同治元年（1882年）寶文堂刊本的《紅樓夢》，扉頁題：「同治壬戌重鐫，東觀閣梓行，寶文堂藏版，新增批評繡像紅樓夢」之插圖六十四頁，即王希廉評巾箱本的原圖。光緒二年（1876年）聚珍堂刊印的《紅樓夢》扉頁題：「光緒丙子年校印繡像紅樓夢，京都隆福寺路南聚珍堂書坊發兌。」其繡像六十四頁，仍是前人後花，只多一幅「大觀園圖說」。清代光緒建元以前的《紅樓夢》版本不少，但所附之卷首繡像，大都是與萃文書屋活字版《紅樓夢》的冠圖一樣，有的則不足二十四幅，如傅惜華收藏的嘉慶十一年（1806年）寶興堂刊的《繡像紅樓夢》，則只有寶玉、可卿、林黛玉、妙玉、晴雯、香菱、襲人等共十八面。光緒十年（1884年）上海同文書局石印《增評補像全圖金玉緣》出版。除首冠以繡像人物等外，每回又附插圖二，以石印方法製版。是《紅樓夢》附有連環故事情節的插圖之始。

中國小說插圖在以石版印製出現之前，都是木版雕刻，手工刷印，故多傳統版畫韻味，自從光緒十年（1884年）上海《點石齋畫報》創刊（旬刊，初隨《申報》附送），以石版刷印之書畫和小說插圖後，漸漸代替木刻。但只在上海四馬路一帶。按：石印技術是從西方傳入中國的，最初上海徐家匯土山灣有一天主教堂，附有土山灣印刷所一座，由法國人翁相公及華人丘子昂二人主持，刷印之物，僅限於天主教的傳道小件刷印品，後來始有英國人美查辦起一所「點石齋畫報館」。畫家有吳嘉猷（友如）、周權（暮橋）、金蟾香、田子琳……，吳友如為報館主筆。光緒七年（1881年），寓上海廣東人徐鴻復設同文書局，有石印機十二架，職工約五百人，最初翻印《二十四史》、《佩文齋書畫譜》等書籍，稱為「同文版」。光緒十年甲申仲冬，同文書局石印的《增評補像全圖金玉緣》回目之插圖，推想是出自當時為「點石齋畫報」出稿作畫者所作，或是出自上海人物畫家楊伯潤之手筆。因同文書局曾在上海設「廣百宋齋」，鉛印小說之類的通俗讀物，其中光緒十二年排印的《詳注聊齋誌異圖詠》，卷首所附之圖，署名有「楊伯潤」字樣。按：楊伯潤名佩甫，號南湖，嘉興（今屬浙江）人。父楊韻，工書畫，家藏名跡甚多，伯潤幼承家學，臨古不輟，因以成名。咸豐之季，避太平天國之亂，來上海賣畫，以養慈母。有《語石齋畫識》、《南湖草

堂集》等著作。歿年七十五歲。（見楊逸《海上墨林》）故疑畫家楊伯潤曾畫《紅樓夢》圖。

　　以《紅樓夢》人物或故事爲圖譜的，木刻本首推畫家改琦繪製、李光祿（笋香）原輯、淮浦居士重編，刊於光緒五年（1879年）的四冊《紅樓夢圖詠》。全部共繪人物圖像五十五人，又「通靈寶石、絳珠仙草」一幅。圖以單面方式，前幅圖畫，後幅空白。另有杭州文元堂楊耀松本，及其他幾種刊本。1959年11月，江蘇人民出版社翻印了李光祿原輯的改琦《紅樓夢圖詠》，選圖四十八幅，線裝一冊。1980年上

寶玉
《紅樓夢圖詠》改琦作

海古籍出版社改名《紅樓夢人物畫》刊印出版。兩種流通全國，今不難看到。畫家改琦字伯藴，號七薌，別號玉壺外史，西域人，家松江（今屬上海市）。人物、佛像、仕女皆精，世人以其作品可與新羅山人（華嵒）相比。改琦生於乾隆三十八年，卒於道光八年（1773～1828

年）。《紅樓夢圖詠》問世後，大凡繪製《紅樓夢》題材的作品，嘗以「法玉壺山人筆意」爲題識。石印本的《紅樓夢》圖冊，要以光緒八年（1882年）上海點石齋印製的《增刻紅樓夢圖詠》首屈一指。作者王墀，號雲階，江蘇江陰人，善畫人物及傳神寫像。（見《清代畫史補遺》）繪圖一百二十幅，自絳珠仙草、通靈寶玉至警幻仙姑止。每幅有題詠七絕一首。皆以人物爲主，背景簡略，故情節性不強。光緒十四年（1888年）王釗繪《紅樓夢寫眞》，依照《紅樓夢》回目，每回繪圖二幅，內容所繪與小說故事重點相同，彷彿今天連環畫冊，現收集到第一至三十二回，共圖六十四幀，石印粉紙，工筆精繪，背景樓榭建築，結構細致。畫面署名，有「古吳毅卿王釗」字樣。知作者乃蘇州人，惜畫史不著其名，或爲蘇州年畫畫師亦未可知。此圖冊中，有幾幅畫面回目標題以隸書寫就，末捺一「俞樾」朱印。可知其印數有限，又爲雲聲雨夢樓印行，疑非公開發行者。同時，以石印方法印製的畫冊、畫譜，如《飛影閣畫冊》、《近代名人畫譜》等，都有《紅樓夢》題材的人物，但大都是以繡像加背景形式刷印。看去如獨幅仕女畫，也很別致。反映了《紅樓夢》小說之藝術魅力，不止在上層士大夫之間已形成了「紅學」專門學問，在民間還有它的成千上萬的大批沒文化之讀者，不過他們只是從木版年畫、石印畫冊、燈屏絹畫、木刻花箋以及刺繡花邊、玻璃窗畫、剪紙花樣……等民間美術中，獲得《紅樓夢》作品的知識修養。他們也評議紅樓人物的性格，故事的是非，但他們的「紅學」，只是流傳在口頭或畫面上，還沒引起人們注意罷了。

四、值得研究的《紅樓夢》畫

回顧歷史，自從康熙皇帝親政以後，即重視農業生產，加強多民族的國家統一，抵抗帝俄對中華民族領土侵略。他勤學文化，以求社會安定，頒發了六條聖訓，廣設《教民榜》，教育其臣子庶民，要「孝順父母，尊敬長上，和睦鄰里，教訓子孫，各安生理，毋作非爲」。目的是在大清天子一統萬年，國家富強，民族和睦，同時又禁止淫詞小說，刻版刷印。此一禁令，直到同治（1862～1874年）時更加嚴禁。

《教民榜》
扉頁木核圖

當朝認爲:「淫詞小說，最易壞人心術，……而愚民尠識，遂以犯上作亂之事，視爲尋常。地方官漠不關心，方以盜案奸情，紛歧疊出。殊不知忠孝廉潔之事，千百人教之而未見爲功，奸盜詐僞之書，一二人道之而立萌其禍。風俗與人心，相爲表裡……。」清朝各帝，屢申刊印小說之禁，但《紅樓夢》書畫之暢行，使當政者束手無策。衆所周知，小說《紅樓夢》初以手稿傳抄於仕宦文人府第中，凡三十年之久。到乾隆五十六年，開始以木活字版排印，由初名《石頭記》，改爲《紅樓夢》，且回目已由八十回增至一百二十回了。相傳後四十回爲高鶚依據前八十回的線索，續寫完成。高鶚字蘭墅，別號「紅樓外史」，乾隆進士，曾任內閣中書事。以此而論，清初康熙皇帝嚴禁小說刊版印行，「違者治罪，印者流，賣者徒」。沒過百年，淫詞穢語的《紅樓夢》，卻由進士出身的內府大員續寫完成，刊印出版。繼而則是「閑談不說紅樓夢，讀盡詩書是枉然」，「西韻悲秋書可聽（子弟書有東西二韻，西韻若崑曲，悲秋即紅樓夢中黛玉故事），浮瓜沈李且歡娛」，以至於「試看熱車窗子上，湘雲猶是醉憨眠」，反映了繪有「史湘雲醉眠芍藥裀」玻璃畫，「黛玉悲秋」的曲藝演唱，已成了北京人們的日常文化生

活之一部分。最是令人難解的：清廷大內西路長春宮，四壁門牆繪有巨幅《紅樓夢》題材的壁畫多鋪，繪畫風格近似天津楊柳青年畫。繪製年代或云是光緒十年（1884 年）為祝頌慈禧太后五十歲生日裝修西宮時，詔民間畫工繪製。今壁畫仍存故宮壁上，供遊人觀賞。筆者不是研究《紅樓夢》的人，但從多年來蒐集《紅樓夢》題材的民間美術品中，所獲得的資料方面得悉：最初《石頭記》是抄本流傳，未聞有插圖之說。乾隆末年，「石頭記」改名《紅樓夢》以木活字版排印發行後，始見有繡像刊刻，尺幅不大，墨線版印。嘉慶年間，「紅樓夢已續全完，條幅齊紈畫蔓延。」（學秋氏《續都門竹枝詞》）此時社會上已有彩色繪製的條幅、扇面等《紅樓夢》題材的作品出現。此後，北京轎車的玻璃窗上，婦女衣飾的繡花邊上，木版套色年畫中，文士信封詩箋上，正月元宵燈屏上，以及上海石印畫冊中……一直發展到京都皇宮大內牆壁上，繪製巨幅壁畫，供帝王后妃們欣賞。《紅樓夢》題材的美術品，是值得研究的，因為小說《紅樓夢》是只供個人手捧賞析，且限於較有文化和有閒者；繪畫則不然，譬如木版年畫，每版則印千萬張，行銷到全國各城鄉，貼在家家戶戶牆壁上，全家老小有無文化，皆得欣賞圍觀。而且一年又換一張新樣。又如過去北京鮑仲巖（奉寬）家藏一套《紅樓夢》燈畫，每盞四面，元宵節時，懸之門首，任人觀賞評議。惜鮑氏早已去世，畫燈不知尚存誰手。如若將這些《紅樓夢》題材的民間美術品蒐集齊全，排列起來，便可看出幾個問題：一、《紅樓夢》小說對民族、民間美術的影響如何之探討；二、民間美術刻畫出來紅樓故事和人物，間接地看出群眾喜愛《紅樓夢》裡的何人何事；三、畫家在表現這些人物的技藝方面之多樣。如常見的《史湘雲醉眠芍藥裀》一圖中，有的畫湘雲醉眠在青石上，有的則在臥榻中，也有畫湘雲醉夢已醒，坐在花叢石旁，可供今日畫家創作參考。是悉《紅樓夢》小說出現，豐富和推動了民間美術事業的發展。另外一個問題，即《紅樓夢》題材的民間美術，如此獲得眾多勞苦者之喜愛，是因他們過著窮苦貧寒的日子，總想娶得一位如《紅樓夢》裡的美人為妻，更希望擺脫了貧困，過幾天住在大觀園，吃喝在餐桌上的生活，無形中激發了眾多人的平等、民主之感情。那麼皇帝長春宮內壁畫紅樓故

事，又當作何解釋？我以爲《紅樓夢》小説是一部警世之作，書中早就有「盛筵必散」和「若目今以爲榮華不絕，不思後日，終非長策」的警句。而昏庸的慈禧太后等統治者，沒有從《紅樓夢》中感到自己己走到覆亡的邊緣，反而在她五十歲生日的時候，花費一百二十五兩白銀裝修西宮，畫《紅樓夢》壁畫，這就更加快了清朝速亡。關於這些，都是「紅學」家們早已研究的問題，不容置喙。

11

黛玉焚稿　剪紙花樣

壹、民間年畫

　　《紅樓夢》裡有這樣一段描寫：賈母知道鄉下來個劉老老，正想找個稽古的老人家說話兒，就叫人把劉老老帶到房裡來，說了一夕話。第二天賈母帶著一群人及劉老老來到大觀園，當走到沁芳亭上，賈母倚欄坐下，命劉老老也坐在旁邊，因問他「這園子好不好？」劉老老念佛說道：「我們鄉下人，到了年下，都上城來買畫兒貼，閑了的時候兒，大家都說：『怎麼得到畫兒上逛逛！』想著畫兒也不過是假的，那裡有這個真地方？誰知今兒進這園裡一瞧，竟比畫兒還強十倍！怎麼得有人也照著這個園子畫一張，我帶了家去給他們見見，死了也得好處！」（詳見第四十回「史太君兩宴大觀園」）劉老老說鄉下人，到了年下都上城來買的畫兒，就是北京崇文門外打磨廠年畫鋪賣的「年畫」。《紅樓夢》裡反映了民間年畫，民間年畫裡也繪製了不少《紅樓夢》中的人物故事和大觀園亭臺樓榭、綠竹芭蕉等優美景色的作品。這點，在當時重視山水、花鳥，鄙視民間人物畫家的時代背景下，文人畫家作品中，很難找到《紅樓夢》故事的繪畫。

　　民間年畫是我國特有的畫種之一。它的歷史悠久，最早是以門神、鍾馗等神話故事出現。如：漢代王充《論衡·訂鬼》，就記有神荼、鬱壘二神，「主閱領萬鬼，惡害之鬼，執以葦索而以食虎。於是黃帝乃作禮，以時驅之。立大桃人，門戶畫神荼、鬱壘與虎，懸葦索以禦凶魅。」這一風俗至今不廢。宋代以前的門神、鍾馗，多是手繪。宋代始有木版刷印者，而且題材內容增多。宋·孟元老《東京夢華錄》所記：「近歲節，市井皆印賣門神、鍾馗、桃板及財門、鈍驢、回頭鹿馬、天行帖子。」可知十一世紀的北宋時期，市上已有刷印年畫的作坊了。不過，那時還沒出現帶有故事情節的畫樣。降至明代，開始有了《八仙慶壽》、《袁安臥雪》、《孝行圖》等。到了清代，因朝廷嚴禁坊肆印售淫詞小說，如康熙五十三年（1714年）四月，九卿議定：坊肆小說淫詞，嚴查禁絕，版與書俱銷毀，違者治罪；印者流，賣者徒。不少繪刻小說插圖和版畫藝人，投到木版年畫作坊裡進行作業，所以木版年畫中，以小說故事作題材的作品，不斷增多。《紅樓夢》小說問世後，蘇州桃花塢、天津楊柳青、河北武強縣、山東濰縣楊家埠等各大年畫產地作坊，都以各種體裁形式，刻繪出各式各樣《紅樓夢》故事的年畫，遠

銷到邊遠山區農村。較早的《紅樓夢》年畫，是天津楊柳靑齊健隆畫店印製的一幅《暖香塢試製春燈謎》，一幅《劉老老遊大觀園》，原圖已失，臺北市雄獅圖書出版有限公司翻版複印的《楊柳靑版畫》，尚存彩圖可資參考。稍晚，楊柳靑肖像畫家高桐軒所作《四美釣魚》、《瀟湘淸韻》是以園景佈置幽美，樓閣結構寫實，人物刻畫生動細膩而見長，深受北京大戶宅門之樂賞。《大觀園》一圖，描繪元妃省親大場面，人物衆多，燈彩華麗，是以套色版印製後，又以筆彩開臉畫相，塡描衣飾細部，此圖乃名家潘忠義設色，堪稱《紅樓夢》年畫之最。今人與版俱亡，値得珍視。楊柳靑年畫中情節高雅，人物較多，刻工精致的，還有一幅《秋爽齋佳人偶結海棠詩（社）》。原圖爲整張黃表紙印，刻繪寶釵、黛玉、王熙鳳、探春及丫鬟等等，大小人物共有十九人，集聚在一大華麗的廳堂裡，吟詩覓句，室內桌椅古雅，掛落雕花，完全中國傳統裝飾，而人物的衣裝服式，美人髮型，皆從晚淸婦女裝束描繪而來。對研究淸末民俗者來說，是難得可貴的形象資料。另有八幅一組，計：《慶壽辰寧府排家宴》、《牡丹亭艷曲警芳心》、《椿齡畫薔痴及局外》、《薛蘅蕪諷和螃蟹詠》、《劉老老醉臥怡紅院》、《喜出望外平兒理裝》、《史湘雲偶塡柳絮詞》、《博庭歡寶玉讚孤兒》。每幅一半畫紅樓人物，一半畫博古花鳥，外框加以古泉圖案花邊。這八幅形式別致的年畫，傳爲出自上海人物畫家錢慧安（吉生）之手。八幅可割成四條，作爲四扇屏形式懸掛。原版早在淸末毀掉，今僅存此八幀。蘇州桃花塢刻印的《紅樓夢十二金釵》，尺幅不大，人物刻畫淸俊，園景也較精致。河北武強年畫，多以人物簡單，表情細膩爲特色。《紅樓夢》題材畫樣不多，僅選《怡紅院識（織）衣》一圖。山東濰縣年畫作坊嘗翻刻天津楊柳靑年畫版樣。《紅樓夢》題材的有《梨香政韻》、《繡鴛鴦》等，餘不多見。淸末民初，上海彩色石印年畫出版，俗稱「月份牌畫」，因成本低，彩色鮮，漸漸占據了木版年畫市場。這裡選出的《四美釣魚》，是早期天津畫店石印者。其他《寶釵撲蝶》、《醉眠芍藥》是抗日戰爭前上海彩印畫片社膠版印，今已很難收集了。另一幅《金陵十二釵玩遊圖》，是一幅從博戲中，得識《紅樓夢》中之諸人物、園景、官名、神仙、古人等「升官圖」形式者，更是稀世奇珍了。

1. 紅樓夢

（清代·天津楊柳靑年畫）
套色版印筆繪 60×102 厘米

圖中畫一華麗方亭，前後臨水，左右有石橋接岸。橋上亭前，畫《紅樓夢》中九美女，與賈寶玉共十人，納涼賞荷。人物由左至右：湘雲、王熙鳳(榜刻寶玉誤)、平兒、晴雯、賈寶玉、寶釵、惜春、黛玉、紫鵑、襲人。十人中除王熙鳳使丫鬟平兒搧風引涼外，其他人物或拿團扇，或搖羽扇；湘雲則握蒲扇，襲人手持蠅拂，體現了天氣炎熱，室內無風，衆人先後來到滴翠亭上觀荷乘涼。滴翠亭建築在大觀園的西部荇葉渚的池中，是一座遊廊曲橋可通，窗格雕鏤精麗的水亭。此圖刻繪荷花滿池，水草雜生。橋亭欄杆或雕以長壽字，或作卍字相聯，變化多樣。而亭作方頂如閣，卻別開生面。

2.紅樓夢局部一

（清代·天津楊柳青）
套色版印筆繪

　　圖中爲賈寶玉，梳髮披肩，頂戴紅纓球太子冠，身著黃緞衣，綠披肩，項掛金環，下懸一金鎖，又一五色絲縧，繫著一塊美玉。即所謂「燦若明霞，瑩潤如酥，五色花紋纏護」，上有「通靈寶玉」等字樣，是寶玉落生時，口中銜著的玉石。與寶玉相向而立的寶釵，頭簪珠花，上挿鳳凰金釵，穿紅色霞帔，綠色鑲邊長襖。手拿墨竹團扇，項上掛一黃金燦爛的項圈，下有一鏨著「不離不棄，芳齡永繼」八字金鎖。二人似在對話；寶玉背後晴雯，梳時式花樣髮型，鬢角挿花，手拿紈扇，彷彿在側耳細聽二人說話。人物頭臉及雙手，皆用筆墨胭脂繪染。所用之蛤粉等，是由畫師自製而成，故至今顏色不褪。

賈寶玉

寶釵

3. 紅樓夢 局部二

（清代·天津楊柳青年畫）
套色版印筆繪

清代燈謎，有「北宗畫傳楊柳青」之
謎面，謎底「丹青妙手」。反映了清代人物
畫家中，惟楊柳青畫師承傳古代正統畫法。
例如圖中的四美人（惜春、黛玉、紫鵑、
襲人），人物開臉柔潤逼真，表情刻畫，也
都生動傳神。如此妙技，每一畫樣都要繪
製千萬張，畫師平均每日至少要畫百十張。
所以開臉之功，既要完美傳神，又要千篇
一樣。這點，非當時畫家能勝任。另外，
畫師出稿畫樣也很講究。如圖中黛玉頭上
所戴之「金步搖」，此一首飾初見於晉·葛
洪《西京雜記》。謂：「趙飛燕爲皇后，女
弟上黃金步搖。」從此首飾中可見楊柳青年
畫多繼承了古代人物畫的衣飾畫法或宋元
稿本。

4. 大觀園

（清代‧天津楊柳青年畫）
套色版印筆繪 63×104 厘米

　　此圖描繪的是大觀園建成後，被選入宮中的賈政長女元春，因皇帝寵幸，奉旨於正月十五（元夕）日回榮國府去看望父母。賈府中爲迎接皇妃(元春)，特在大觀園佈置彩燈華筵，以迎鑾駕到來。屆期，大觀園內張燈結綵，裝飾一新。賈府主僕等人，穿戴整齊，衣飾華麗，候接皇妃遊幸。故事見《紅樓夢》第十八回「皇恩重元妃省父母」。圖前高搭燈彩牌樓，賈寶玉雙膝跪在石路上，袖手作揖拜見「賈貴妃」。元妃懷抱如意，披斗篷，簪金佩玉，華貴明麗，旁有宮女擎團鳳障扇侍立左右，丫鬟提金蓮寶燈隨後照明，其他衆人（如賈母、賈政、襲人、熙鳳……）則散立於亭閣之下，場面非常熱鬧。

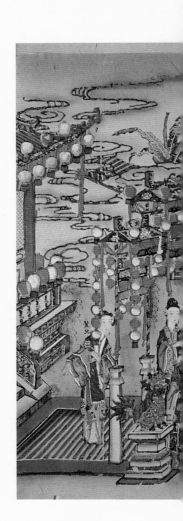

5.大觀園 局部一

（清代·天津楊柳青年畫）
套色版印筆繪

24

元春選入鳳藻宮，深居禁中大內，難與父母朝夕共處。皇帝開恩，詔命貴妃於元宵夜，歸省父母。賈府爲迎鑾輿，綵燈照明，牌樓高架。一時園內亭臺軒閣金銀煥彩，帳繡翔鳳，帘飛雲龍，氣象非凡。圖中甬道上，高搭一垂脊華閣，簷下紅燈耀目，流蘇生輝，額題「大觀園」三字橫匾。閣內置香案寶座，以作行宮。畫面前方，史太君頭戴抹額，身穿香色寬袖錦袍，由襲人攙扶立於道旁，一綠衣少女侍立於前。遠處還有劉老老、薛姨媽、史湘雲及榮、寧兩府的丫鬟等，聚集道路兩邊，景象繁鬧。按：元妃省親故事中，劉老老等人不應在場。畫家爲增添趣味性，故如此處理，讀者並不以爲怪。

6. 大觀園 局部二

（清代・天津楊柳靑年畫）
套色版印筆繪

此圖爲上元節元妃省父母時，賈寶玉跪見姐姐元春於大觀園中的情景。畫貴妃頭挿鳳簪，項掛金環，穿黃色宮衣，繫素裙，披斗篷，右手懷抱玉如意，舒出左掌，如向寶玉在説「免禮」。寶玉頭戴紫金冠，穿黃緞袍，外套綠錦比甲，項下掛一通靈玉鎖。雙膝跪地，拱手上拜於石鋪甬道上。貴妃兩旁，有宮娥二人，梳髻簪花。一穿紅衣紫裙，一穿白羅百褶裙，綠色鑲邊肥袖大襖，皆如當年時裝樣式。宮娥各擎一柄障扇，扇繡丹鳳朝陽，日月同光之圖案花樣，侍立左右。路旁立有林黛玉和丫鬟等人，衣裝華麗，襯托出了賈氏皇親望族，富貴無比。

7. 大觀園 局部三

（清代・天津楊柳青年畫）
套色版印筆繪

圖取《大觀園》元妃歸省父母一圖的右下角。畫重簷垂脊「四注頂」的一方亭。亭簷下，彩燈高懸，光彩耀目。亭前，貴妃之父賈政，頭戴員外巾，面留五綹鬚，拱手胸前，恭立於中。左右有賈容（蓉）和賈環。賈環戴方冠，穿湖色錦袍，指手劃腳；賈蓉頭戴軟巾，身穿粉色繡花褶子，如戲衣「行頭」。二人動作之勢，恰與賈政拱手聽命神態，形成對比。綵亭後面，有劉老老穿土黃色衣，繫布裙，一丫鬟攙扶立候於路旁。畫面邊緣，刻有：「廉增戴記」字樣，乃楊柳青年畫作坊的字號。戴廉增和齊健隆畫店是兩大著名年畫作坊，開業約於晚明（十六世紀末）時期。此圖爲戴氏佳作之一。

28

賈政

賈環

賈容

增戴記

8. 史太君兩宴大觀園

（清代·天津楊柳青年畫）
套色版印筆繪 32.5×54 厘米

「史太君兩宴大觀園，金鴛鴦三宣牙牌令」是《紅樓夢》故事裡，風趣較多的回目。描寫劉老老二次往見王熙鳳，被賈母（史太君）留住些日。時值清秋季節，賈母偕劉老老等人同遊大觀園，並在園內曉翠堂上宴請劉老老。席間，丫鬟鴛鴦爲使賈母高興，故意飲酒行令，教劉老老說起不少莊稼人粗言俗語，引得大家笑聲不止，賈母也感到民間農家之樂，十分有趣。

圖中設一圓桌，桌上放有杯盤餐具，美酒佳餚，賈母捧杯正坐，劉老老側坐於靠背椅上，王夫人則手托玉杯，坐一繡墩上陪飲。餘爲王熙鳳、鴛鴦、平兒等人。刻畫出了史太君兩宴大觀園中的主要人物。原版早毀，此圖僅存一幀。

9.藕香榭吃螃蟹

（清代·天津楊柳青年畫）
套色版印筆繪 54×106 厘米

《紅樓夢》第三十八回「林瀟湘魁奪菊花詩，薛蘅蕪諷和螃蟹詠」之目。描寫大觀園中藕香榭建築在池水中央，四面臨水，左右有曲廊可通，竹橋跨水接岸，亭榭迤邐相聯。正當桂子飄香，稻熟蟹肥季節，賈母與寶玉及眾姐妹等人，先後來到荷池之中的藕香榭，飲酒嚐蟹，觀景賞秋。一時寶釵、黛玉、湘雲、熙鳳等，即景作詩，增添了詩文雅趣之樂。圖中賈母正坐席前，薛姨媽一旁陪坐，餘爲王夫人、王熙鳳、林黛玉、薛寶釵、圍坐一席，玉釧、鴛鴦等四丫鬟侍立於後。李紈、探春、惜春、彩霞、寶玉、史湘雲、彩雲、香菱等，分別坐立於兩旁亭榭之間。原圖爲李盛興畫店刻繪。

10.紅樓夢藕香榭

（清代・天津楊柳青年畫）

套色版印筆繪 31×58 厘米

圖題「紅樓夢」隸書三字，故事乃取小說第四十九回「琉璃世界白雪紅梅，脂粉香娃割腥啖羶」中的一情節。景物所畫，爲紅梅初放，花木待春風的臘月嚴冬季節，大觀園中白雪飛天，冰結橋下，樓臺殿閣如玉砌，遠山近林被銀妝。畫面右方一水榭，額題「藕香麝」（麝當是「榭」字之誤）。水榭綺窗繡戶，軟帘掛起，門前林黛玉身披皮裘，頭戴風帽，以袖呵口，不勝其寒。黛玉身後之史湘雲，頭戴貂皮勒子(抹額)，著錦衣繡裙，二人並立，似在等待賈寶玉折梅歸來；賈寶玉身穿茄色哆囉呢狐皮襖子，戴著金籐笠和一抱瓶小丫鬟步於橋上。刻畫了大觀園中，冬日大雪之美景。

35

11.紅樓夢慶賞中秋節

（清代・天津楊柳青年畫）
套色版印筆繪 59×108 厘米

八月十五月正圓，賈母見到月兒上升，扶著寶玉肩，帶領衆人齊往大觀園中來。到了嘉蔭堂月臺上，早已擺好了斗香蠟燭，瓜果月餅。賈母焚香祭月後，來到凸碧山莊廳前平臺上與大家飲酒賞月，又作傳花賦詩之戲，聽吹打「十番」，女子吹那嗚咽悠揚的橫笛。夜靜更深，賈母及衆人皆有倦意，先後起座，回房歇息。惟有黛玉、湘雲和翠縷、紫鵑兩個身邊丫鬟還未離去。下一回緊接黛玉、湘雲在凹晶館聯詩，被妙玉聽到，引進攏翠庵中睡覺。圖中畫一臨水敞軒，廳堂竹簾垂掛，寶玉與湘雲、黛玉三人共坐於一圓桌周圍吃螃蟹，飲美酒。遠處凹晶館、樓亭寺院，有石橋通往。環境宏闊，宛如皇家御苑格局。

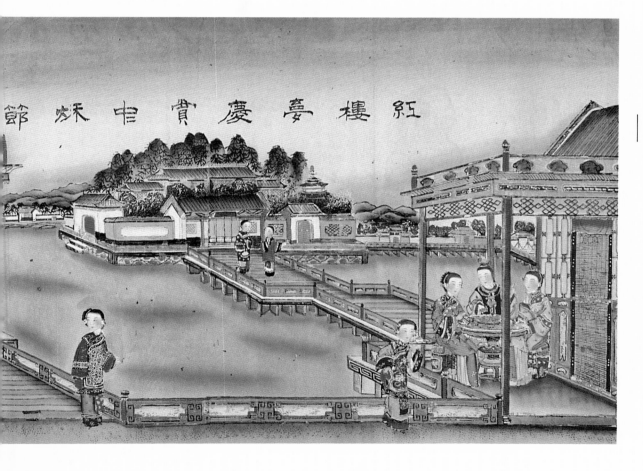

紅樓夢慶賞中秋妖節

37

12.紅樓夢慶賞中秋節局部

(清代‧天津楊柳青年畫)
套色版印筆繪

中秋之夜，俗爲全家團圓之時，寶釵雖然住在大觀園內，因有母薛姨媽，自然回到家中一起過節。迎春、探春等姐妹更不必說了，惟有賈母外孫女林黛玉和侄孫女史湘雲，卻因旁無親人團聚，皆留在園內陪同賈氏宗族，共度中秋。所以，當賈氏榮、寧兩府人們散去後，只有寶玉陪同黛玉、湘雲聊以相慰。圖中賈寶玉穿黃色錦衣，戴金環玉鎖，坐於正面。林黛玉穿淺荷色大襖，繫百摺裙；湘雲穿粉紅色寬領大袖襖，繫素裙，二人分坐於左右。中間一圓桌，形式新穎。軒外石欄前，一簪花丫鬟，穿大襖，套坎肩，下繫肥口長褲，手托茶盤，送來珍饈美味。人物皆著晚清時裝，可作服裝設計者參考。

13.採蓮圖

（清代・天津楊柳青年畫）
套色版印筆繪 60×102 厘米

40

清風送爽，碧空晴朗，大觀園中殘荷滿塘。賈寶玉、黛玉、寶釵、湘雲、李紈和眾丫鬟等，來到沁芳橋亭觀魚垂釣。圖左荷池上，蘇州選來的駕娘，衣裝華美，雙手搖櫓推舟，隨風送寶玉登岸，好使寶玉湊進脂粉叢中與美人作詩聯句，以遣秋興。圖上刻有：「採蓮舟，傍岸遊，甚勿驚，獨釣魚鈎。舒玉腕，轉青眸，聽不到廊前將魚收。蓮瓣亦何柔，蓮葉亦何稠，一霎春風蕩蕩，直觸得我思悠悠。」末署：「臥石主人題，廉增戴記」。作者料是民間畫師，題句平俗押韻，畫工精細而寫實。按：沁芳橋四通八達，橋上建亭，橋以石築，雕石作欄，環抱池沿。史太君宴大觀園，藕香榭吃蟹賞菊，都曾在此划船遊玩。

14.採蓮圖局部一

（清代‧天津楊柳青年畫）
套色版印筆繪

　　圖中蓮葉張蓋，荷花放香，湖上一畫
舫，上有涼棚，彩穗裝飾美觀。艙內賈寶
玉手舉竹編魚籃，好似喜得水產魚蝦，傍
岸而來。後有一紅彩古尊，上插折枝芙蓉。
船艄有從姑蘇選來的駕娘，打扮入時：戴
漁笠罩，穿藕荷色衣，腰紮繡花青巾，雙
手扶櫓，神色怡然。此圖雖然只是《紅樓
夢》故事中，賈寶玉和眾姑娘們在大觀園
中釣魚划船，飲酒賞景來作樂消遣活動的
局部，就此一局部單獨看來，也是一幅構
圖完美的「畫舫遊樂圖」。同時還可看出當
時湖上畫舫遊艇的真實形狀。

42

15.採蓮圖 局部二

（清代・天津楊柳青年畫）
套色版印筆繪

44

大觀園落成之時，沁芳池上挿荷栽柳，建亭架橋，又做棠木畫舫並從蘇州接來弄船駕娘。史太君兩宴大觀園時，李紈恐怕賈母玩的高興，準備了兩隻船伺候。寶玉見船塢裡撐出船來，先獨自下水乘船玩了起來。賈母在大觀園到各處漫步閑遊，到了荇葉渚，幾個弄船駕娘，早把那棠木舫撐了過來，賈母、王夫人、薛姨媽、鴛鴦、玉釧……先後登上了船，迎春姐妹等和寶玉上了另一隻。船行影動，不覺到了花漵的蘿港之下，大家上岸遊玩。圖中描寫衆姐妹上岸後，在垂竿釣魚，觀賞荷花。人物衣裝華麗，表情動作不一。反映了昔日豪門貴族小姐們的多樣消閑生活。

16.四美釣魚

（清代·天津楊柳青年畫）
套色版印筆繪　59×108厘米

　　四美釣魚即《紅樓夢》第八十一回「占旺相四美釣游魚」裡的一節故事。內容較簡單，略敍李紋、李綺、邢岫烟和探春偶至大觀園水畔，以釣魚為樂並占當年每人的命運吉福。四人正注目池中游魚，不料賈寶玉已悄悄走到園中山石之後，靜聽他們的説話，又拾起一塊石頭抛向水中，把大家嚇了一跳，而且還把那將要上鈎的魚驚走了……。圖中寶玉躲在青石之後，從石孔中竊望四美釣魚情景。圖上題詩：「賦罷紅梅腕底春，蓼花灘畔試垂綸；持竿小語臨流水，心事迢迢付錦鱗。」又題「癸卯仲春月……」字樣，是悉此圖繪刻於清光緒二十九年（1903年），作者高桐軒（蔭章）。

17.四美釣魚 局部一

（清代・天津楊柳青年畫）
套色版印筆繪

　　圖爲「占旺相四美釣游魚」故事裡的兩個小丫頭。一個頭紮雙髻於兩耳旁，上挿綠葉紅花一朶，穿橘黃色衣，袖扶曲橋的欄杆上，伏身蹲著在看橋下游魚；一個頭梳偏髻，内穿紅緊衣，外搭藍披肩，繫綠色裙，手捋青絲縧帶站在一旁，低頭共賞池魚往來優游之樂趣。丫頭身後，背景爲粉壁遊廊，因畫面突出兩個小丫鬟，僅露出廊下竹管式斜挿短欄。人物衣裝淡雅，色調協調。形象刻畫秀美而多稚趣。按：小説中敍述「有幾個小丫頭蹲在地上找東西」，與圖中只畫兩個在觀池中游魚，略有不同。但畫師爲了增強「四美釣魚」的情節内容，故以此二人賞魚作襯托。

18.四美釣魚 局部二

（清代・天津楊柳青年畫）
套色版印筆繪

圖中的四個美女，據故事中所説：一個是李紋，把竿垂釣，説：「看他泆上來不泆上來。」探春、李綺和邢岫烟在一旁觀看魚在水中浮沈。就此可知，坐在紅色繡墩釣魚者是李紋，李紋背後一個是李綺，一個是探春，而岫烟則坐在一旁手搖紈扇，若無其事。畫面這樣處理，避免了四個美人集中在一起，使構圖缺乏變化和空間感。這點，足以證明民間畫師創作之才思。後來賈寶玉出現，因只有一把釣竿，於是幾個人以釣魚占卜「旺相」玩了起來。按：漢・王充《論衡・命祿》：「春夏囚死，秋冬旺相。」後世星命學家則按五行謂：春三月爲木旺，夏三月爲火旺，遇旺相則主萬事吉利。這裡的占旺相，即誰走好運之意。

19. 瀟湘清韻

（清代・天津楊柳青年畫）

套色版印筆繪 59.5×106 厘米

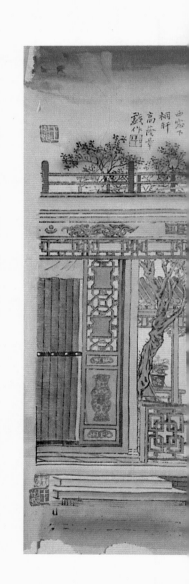

　　「瀟湘清韻」是描繪林黛玉在居處瀟湘館，撫琴悲秋，音韻悠揚，忽然傳到妙玉與寶玉之耳中。其時，妙玉和寶玉在蓼風軒告別惜春，寶玉因送妙玉回向櫳翠庵，途經瀟湘館時，遠遠聽到琴絃彈撥聲，二人駐步屏氣細聽，音調深沈，如訴衷腸而不得知音！寶玉、妙玉二人不知不覺地就路旁山石坐了下來。以至曲終時，妙玉聽到絃斷，立起身來，自己回到庵中。圖中畫梧桐一株，傍依於太湖石旁。石右，長廊盡處方窗內，竹簾高捲，露出黛玉撫琴；石左，妙玉、寶玉分坐石根上，細品琴韻。畫面上題：「水晶簾捲月遲遲，瘦依秋窗意太痴；一種情懷無處訴，但憑絃上寄相思。」點出了此圖之主題情意。

瀟湘清韻

水精簾捲
消盡一瘦
倚秋臨意
大瓣一種
情懷典麼
折但憑往
上寄相思
口□中水

53

20.瀟湘清韻局部一

（清代・天津楊柳青年畫）
套色版印筆繪

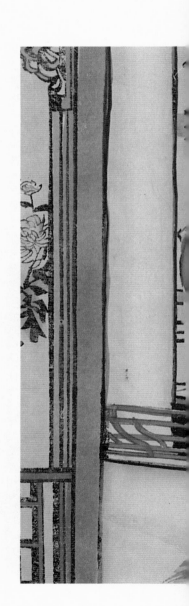

圖中窗前，綠竹搖風，青苔石涼，窗下葵花已開，秋色已滿眼前。粉牆窗內，林黛玉頭梳高髻，上揷鮮花，項繫墨綠披肩，穿紅色繡衣，雙手撫琴。琴几上放一三足雙耳銅爐。几旁一端，紫鵑著綠衣，穿粉紅裙，手舉玉腕在調架上翠衣紅喙的鸚鵡。紫鵑原爲賈母身邊的二等丫頭，名喚鸚哥，黛玉進府時，只帶來一年老王嬤嬤，一年小丫頭雪雁，所以賈母把鸚哥給了黛玉，後名紫鵑。由此可知，黛玉背後穿紅坎肩，黃衣藍裙，袖手聽琴的丫鬟，是雪雁無疑。人物背後，窗櫺雕花，圖書滿架。根雕筆筒，剔透古雅。點染出林黛玉出身於書香門第，官宦之家。

21.瀟湘清韻 局部二

（清代・天津楊柳青年畫）
套色版印筆繪

56

　　《紅樓夢》題材的傳統繪畫中，有「雙玉聽琴」的畫目，所繪之人物故事，即妙玉、寶玉二人坐於秋庭石上，靜聽黛玉琴聲。此圖爲「瀟湘清韻」畫面左邊的兩個主要人物。如若剪裁下來，不啻一幅完美的「尼俗聽琴」人物畫。庭中寶玉、妙玉平坐石上。妙玉戴道冠，穿淡藍色衣，内套女道服。雙手垂搭於前，低頭無語，靜聆琴音。寶玉頭戴太子冠，穿淡藍色褶子，項掛玉鎖。舉目遙望。二人一靜一動，反映了寶玉聽到琴聲，欲入內去看黛玉；妙玉以爲「從古只有聽琴，再没有看琴的。」寶玉坐下後，當聽到「風蕭蕭兮秋氣深，美人千里兮獨沈吟……」黛玉低吟時，寶玉不由得抬頭仰望，如坐針氈。

22.慶壽辰寧府排家宴

（清代・天津楊柳青年畫）
套色版印筆繪 32.5×54 厘米

寧國府賈敬的壽辰。賈敬進士出身，而無意功名利祿，只愛燒丹服藥，求飛升成仙，故常在都城郊外道觀中和道士們相混，生日亦不回家受禮。寧府備下酒席，賈珍只教賈蓉把選出的稀奇果品，上等可吃的東西裝成十六大捧盒，給賈敬送去。家中邢夫人、王夫人、鳳姐、寶玉等都來到寧府。賈珍、尤氏問及賈母爲何不趁此天氣涼爽，滿園秋菊盛開，過來散散悶？鳳姐未等王夫人開口，搶先回道：老太太昨天還説來呢，因吃了桃，腹瀉兩次，身體覺得懶倦，不能過來湊熱鬧了；只要幾樣好吃的最爛的才好。圖右，賈母坐在席桌前，左右有留下的林黛玉、薛寶釵等人坐陪。右畫博古花果相稱。

23.牡丹亭艷曲警芳心

（清代・天津楊柳靑年畫）
套色版印筆繪 32.5×54 厘米

《牡丹亭》一名「還魂記」，爲明代湯顯祖所作的傳奇劇本。內容敍南安太守杜寶之女杜麗娘，偕侍女春香遊園賞景，夢中與書生柳夢梅相愛，醒後感念致死，遺自畫像於人間。三年後，柳夢梅至南安，偶見杜麗娘畫像，珍愛異常，麗娘感而復生，終於結爲夫妻。曲詞優美，刻畫少女心理狀態細膩。這天，林黛玉葬花歸去，忽聽梨香院中有人在唱《牡丹亭》戲曲：「原來姹紫嫣紅開遍，似這般都付與斷井殘垣」，黛玉便止步側耳細聽，又聽得唱道：「良辰美景奈何天，賞心樂事誰家院。」不免感到身居異鄉，他人家院，眼中落下淚來。圖中窗外花木下，掩口傷悲者，正是黛玉聞曲落淚。

牡丹亭豔曲譏芳心

61

24.椿齡畫薔痴及局外

（清代・天津楊柳青年畫）
套色版印筆繪 32.5×54 厘米

寶玉在王夫人屋中和金釧悄悄説些不正經之話，被午睡中的王夫人聽到，翻身打了捶腿的金釧一個嘴巴，並要把金釧趕走。金釧跪地哀求；寶玉見事不妙，忙跑進大觀園內。此時赤日當頭，寶玉見園內靜無人語，只聽得薔薇架下有人哽噎之聲，輕輕移步，見一女孩子蹲在地上以金簪摳土，遂站在一邊觀看，見那女孩子滿帶淚痕，用簪在畫「薔」字。畫一個又一個（見圖）。寶玉只想這個女孩兒很像黛玉模樣，知是梨香院學戲的，但不知叫什麼名字。一時陣雨淋濕了寶玉，寶玉反叫那齡官快到屋裡去。後來賈寶玉才知道齡官對賈薔深情體貼，及其自己的身世之感傷，都表現在對賈薔的一人身上。

63

25.薛蘅蕪諷和螃蟹詠

（清代・天津楊柳青年畫）
套色版印筆繪 32.5×54 厘米

薛蘅蕪的「蘅蕪」二字，是李紈封給薛寶釵的詩社別號。這天大觀園中菊花已綻，桂花飄香，園中衆姐妹到水榭陪同賈母、王夫人賞景吃螃蟹。王夫人怕水心風大，請賈母回房休息，遂留下了湘雲、寶釵、黛玉、探春、寶玉、李紈等人，重整殘席，作詩助興。開始以詠菊爲樂。林黛玉詩中魁首。寶玉又提出持螯賞桂，亦不可無詩。說著提筆寫出一首「七律」。繼而黛玉提起筆來一揮，已和了一首。接著寶釵也寫出一首：「桂靄桐陰坐舉觴，長安涎口盼重陽。眼前道路無經緯，皮裡春秋空黑黃……」衆人看畢都説：「這方是吃蟹的絕唱！」圖中書函滿架，盆菊正黃，賈寶玉與衆姐妹在吃蟹詠詩，其樂無窮。

26.劉老老醉臥怡紅院

（清代·天津楊柳青年畫）

套色版印筆繪 32.5×54 厘米

66

賈府遠親劉老老攜板兒再來找王熙鳳後，賈母得知劉老老自鄉下來，欲留住幾日，以作伴閑話，消遣時光，劉老老遂被留下。這天賈母想到大觀園閑遊賞景，要劉老老一同去逛一逛，劉老老跟著賈母和鴛鴦、王熙鳳、史湘雲、迎春、平兒、琥珀、鶯兒……眾人一同來到大觀園，午間，賈母設宴款待劉老老，幷行令吃酒，一時熱鬧非常。老老乘興多吃了幾盅，獨自離席，在園中東遊西逛，迷失了回去方向。走到了怡紅院，便進入賈寶玉的房中臥室，倒在床上熟睡起來。且說眾人見劉老老不知去向，分頭去找，卻被襲人發現在寶玉榻上，急將老老推醒，領到丫鬟房中。圖寫劉老老醉狀。

劉老醉臥怡紅院

67

27.喜出望外平兒理妝

(清代・天津楊柳青年畫)
套色版印筆繪 32.5×54 厘米

鳳姐生日，賈府非常熱鬧，不但有戲，連耍雜技和說書的女先生全有，都到府中演出。鳳姐入席後，尤氏等親自斟酒給鳳姐，又有姐妹們齊來敬酒祝壽，鳳姐不免多喝了幾盅；身上不覺有些醉意，要回屋去歇歇，便離席出來，平兒也隨後跟了上來。當鳳姐走到屋廊下時，見一個小丫頭看到他二人就跑。鳳姐叫住，一再逼問，方知賈璉乘鳳姐生日在外飲酒，偷與鮑二家在屋中幽會。鳳姐一怒，誤打了平兒幾下，又與鮑二家撕打起來。平兒委屈，哭了起來。寶玉素知平兒是鳳姐的心腹，不敢和她廝近，今見平兒淚流滿面，乃乘機令丫鬟舀洗臉水，親手為平兒理鬢梳妝。寶玉感到喜出望外，十分歡欣。

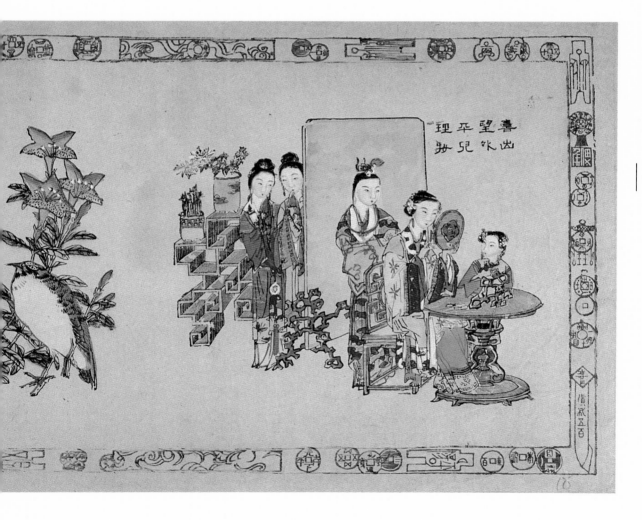

喜望平理
出兒水母

28.史湘雲偶塡柳絮詞

（清代・天津楊柳青年畫）
套色版印筆繪 32.5×54 厘米

時序已至暮春天氣，百花開放，楊樹飛絮，日長漸暖，寄居大觀園中的史湘雲，見窗外柳絮飄舞，便偶成小令一闋，呼喚柳絮且住且住，莫使春光別去。感春來不久，匆匆而去，誰也不能留。隨後園中衆小姐和賈寶玉也都歡聚一起，皆以「柳絮」爲題，賽詩消遣終日。圖寫石桌上筆墨紙硯具備，賈寶玉與史湘雲、林黛玉等正在大觀園內沈思覓句，故事詳見《紅樓夢》第七十回。

按：東晉時，謝安家中常雅聚談文。一日因天降大雪，謝安問子侄等，「何所似?」道韞以「未若柳絮因風起」，勝過侄子朗「撒鹽空中差可擬」句。安大爲讚賞。世稱謝道韞爲「詠絮才」。此圖蓋藉以成趣。

史湘雲偶填柳絮詞

71

29.博庭歡寶玉讚孤兒

（清代・天津楊柳青年畫）

套色版印筆繪 32.5×54 厘米

　　圖寫第八十八回中《紅樓夢》故事的一段情節。敍李紈早寡，撫孤兒賈蘭織帛紡紗於大觀園內稻香村。賈蘭年及學齡，入賈府學塾讀書，聰明伶俐而又好學。一日，教書老師出題要作「對子」，先教賈環來對，賈環整日貪玩厭學，一時對答不上，求寶玉代作；寶玉悄悄告訴了他。賈蘭年齡較小，沈思細想卻自己對上了。當賈母問及孫輩們上學塾讀書之事，寶玉讚美賈蘭聰穎，賈母欣慰不已。圖中畫賈母坐於扶手椅上，寶玉跪於其前，雙手拱起，回答賈母垂問。賈母背後門帘下，爲賈蘭之母李紈。此圖花邊外框，刻印以石榴、仙桃、佛手柑，俗謂「福壽多子」圖案，寓意吉祥而別致。

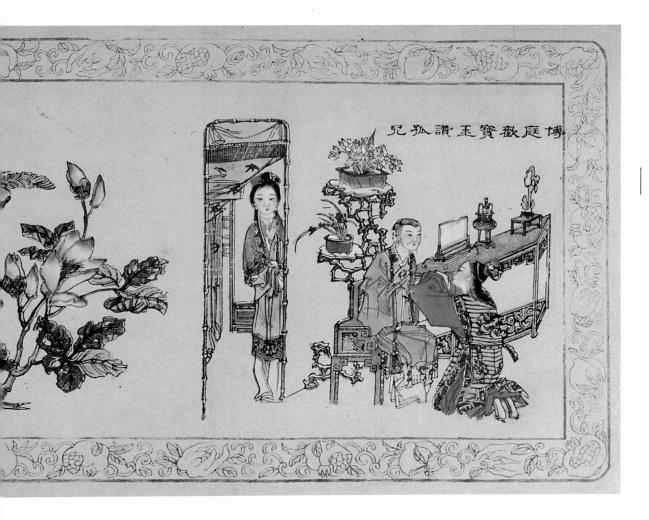

博庭歡寶玉讀孤兒

30.除夕祭宗祠

（清代・繪本年畫）

手繪紙本 64×97 厘米

74

全圖展視，格局如附有園林的王公府第。門臨河岸，人馬往來，車船載物，街景熱鬧。門樓如官署，中間兩門，貼一對門神，相向把守。門外立刁斗旗杆，角門前有古松二，下有長櫈，上坐彪壯大漢三人守護。正門之後，有儀門、書房，再後爲前庭。庭後廳堂三間，堂上供神主，香蠟祭品陳列滿桌，堂前階下，有戴垂腳幞頭的官員，戴方巾烏帽的生員，還有縮冠佩環的童子等，共二十一人跪拜庭中。旁有穿紅色朝服的命婦，翠衣麻裙的丫頭，拄杖老嫗，攜嬰少婦，衣冠華麗，等候官人拜訖，續行祭禮。原作無標題，畫面右下角署名徐揚。按：徐揚號雲亭，江蘇吳縣人，乾隆中，曾入畫院供奉內廷，故此圖如北京恭王府之布局。繪製年代當在十八世紀中葉。

31.林黛玉重建桃花社

（民國‧天津楊柳青年畫）
套色版印筆繪 54×98 厘米

大觀園裡李紈、林黛玉、薛寶釵和寶玉、史湘雲等，曾組織了一個海棠社（詩社），因鳳姐生病，李紈和探春料理家務，接著過節過年，很長時間沒有活動，將詩社擱起。初春時節，湘雲、寶釵、寶琴、探春、黛玉、寶玉等，又聚集在一起。說起了詩社散了一年，也沒有人提起。湘雲笑道：「一起詩社時是秋天，就不發達。如今卻好萬物逢春，況且（林黛玉）這首〈桃花詩〉又好，就把海棠社改作桃花社，豈不大妙呢？」說起詩社，大家議定：明日乃三月初二日，便改「海棠社」爲「桃花社」，黛玉爲社主。圖中畫長橋曲折，水上亭閣間架其上。近處賈寶玉、林黛玉等社友們或坐或立，在吟詩覓句，祝新社成立。

32.蘭閨韻事

（民國‧上海年畫）
彩色版印 74×50 厘米

　　大觀園建成後，過了一年，賈母要孫
女惜春畫一幅「大觀園全景圖」，惜春依命，
準備好了筆墨紙張，開始起稿，黛玉問道：
「還是單畫這園子呢，還是連我們眾人都
畫上？」惜春道：「原是只畫園子，昨兒老
太太又說：單畫園子，成了房樣子了，叫
連人都畫上，就像行樂圖兒才好。」寶釵說：
原先蓋這園子時，有一張細緻圖樣，你和
太太要出來，比著那紙的大小畫，再添上
人物就是了。又開了個單子，向老太太要
些顏料和文具，大家說笑一番後散去。圖
中畫一敞軒，中設一畫案，惜春手握畫筆，
在畫一幅花卉。旁有寶釵、黛玉、探春、
李紈等人，雖然惜春所畫非大觀園景，但
人物恰如故事中所說。

33. 寶釵撲蝶

（民國・上海月份牌年畫）
膠版彩色道林紙 74×50 厘米

　　清朝末年，上海外國洋行、銀行、保險公司紛紛出現在各國租界内。他們僱用中國人爲其服務，要按照公曆每周六天工作，星期日休息。同時，外國各商業爲了獲利，印出了一種附有陰陽曆對照，星期月日的「月份牌畫」，到新年時，作爲廣告分贈顧客。這種形式的廣告，後來演變成了「月份牌年畫」。此圖是民國時期，上海月份牌畫家杭穉英繪製的《寶釵撲蝶圖》。故事敍述芒種節日，大觀園中祭餞花神，衆女孩先後來到了水榭花前遊賞，獨不見黛玉到來；寶釵自己前往瀟湘館去叫她，忽見一雙蝴蝶飛舞眼前，遂用扇子撲個不停。原圖早毀，已屬稀珍。

34.醉眠芍藥

（民國・上海月份牌畫）
膠版彩色道林紙 74×50 厘米

「醉眠芍藥」是民間繪畫中常見的題材。因它描繪了《紅樓夢》中的一位妙齡少女史湘雲，飲酒之後，散步於園中，被軟風吹醉，睏臥在花叢之間；落花滿身，花香人秀，情景之美，筆墨難形容。而清代木版年畫、詩箋、燈畫、扇面……無不以此景取作題材，繪製各種形式的作品，深受大眾歡迎。此圖是民國年間上海圖畫片公司多次重版的月份牌畫，距今已有六十多年了，看去還是未失其藝術風采。以前繪畫中，畫史湘雲醉臥芍藥眠，大都是畫湘雲合目躺臥在青石長櫈上，花落衣裙。此圖以破往常構圖形式，畫湘雲睡醒，獨坐在石櫈上，手舉紈扇在伸懶腰，旁題宋・吳文英〈如夢令〉詞句，別致可觀。

35.紅樓夢

（民國・天津炒米店）
石印洋粉連紙 53×77 厘米

木版年畫發展到了辛亥革命後，其勢漸衰，繼之而起的是上海、天津以石印方法和機器製成的紙張來刷印年畫，但石印年畫的題材內容，仍然未能脫離眾多老百姓喜愛的傳統題材。如此圖所畫的《紅樓夢》故事，即其一例。圖寫夏去秋來，賈母和大家來到大觀園藕香榭吃螃蟹，賞桂花，喝菊花酒。黛玉因不大吃酒，又不吃螃蟹，自命人搬了個繡墩，坐在欄杆旁釣魚。寶釵撮了桂蕊，扔在水面，看那引來的游魚啜食的故事。圖右，林黛玉垂鉤釣魚，旁有寶釵和丫鬟站在一起俯視游魚。圖左，丫鬟手扶賈母，賈寶玉隨伴於右，手指荷池，好像同來觀賞游魚之樂。故事參見《紅樓夢》第三十八回。

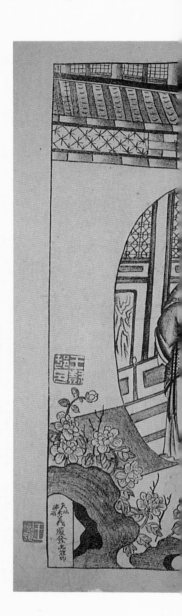

紅樓夢

85

36.紅樓夢十二金釵

(清代·江蘇蘇州)

墨線版印 36×54 厘米

　　圖寫大觀園內暮春季節，綠柳拂水，牡丹浮香，紅樓中十二美女在園中賞景遊玩。畫面前有探春與寶琴、芳官在作「鬥草」之戲，史湘雲醉臥於芍藥花下，後有臨水湖石，元春手握紈扇倚石閑坐，宮女持障扇陪侍。畫面右方，曲欄回廊之下，林黛玉扶欄在調鸚鵡，旁有王熙鳳和一手捲珠簾上玉鉤的美女，當是秦可卿。亭下石階之前，賈寶玉俯身在看寶琴「鬥草」，身後有寶釵撲蝶。清池之旁，水榭開敞，朱椽畫棟，翠竹掩映，迎春、惜春姐妹在臨池觀魚，洞門開處，妙玉獨坐屏風之後，輕敲木魚，喃喃誦經。畫面遠處，李紈攜子步於石橋走向前來。全圖刻畫了大觀園群芳爭艷於春光美景中。

37.甄賈寶玉

（清代·天津楊柳青年畫）
木版墨線 42×60 厘米

楊柳青年畫中，有八條屏體裁形式的《紅樓夢》畫樣。原版早已毀掉，僅存此幅墨線版樣。從圖中人物來看，皆束髮，頂戴紫金冠，穿圓領袍，彷彿一模一樣。按《紅樓夢》中甄寶玉此人只在賈寶玉夢中相會，小說中謂：江南甄府進京朝賀，遣四個婆子給賈府送來綢緞禮物。從賈母和四個女人對話中，才知甄府有位老太太，有個哥兒叫甄寶玉，長相和賈寶玉模樣相似，天生一種刁鑽古怪的脾氣也一樣。四個婆子見了賈寶玉唬了一跳，以爲是江南甄寶玉趕到京裡來呢。甄、賈寶玉二人相會是在《紅樓夢》書末第一一五回中：甄寶玉隨著甄夫人來到賈府，賈寶玉見了如在夢中之景，豈知談了半天，竟冰炭不投。後甄寶玉娶李綺，中試爲官而告終。

38.秋爽齋偶結海棠社

（清代・天津楊柳青年畫）
木版墨線 56×104 厘米

賈政因人品端正，風聲清肅，皇帝點他作學差，去選拔眞才實學之士。賈政起身之後，寶玉在大觀園中縱性游蕩，甚覺無聊。這天寶玉去找探春商議辦詩社，行至沁芳亭時，見賈芸遣人送來兩盆白海棠。寶玉收下，叫人把花送到怡紅院去，便來到秋爽齋。進屋來，見到黛玉、迎春、寶釵、李紈、惜春都來到探春屋裡，只有史湘雲因他家來人，接回史家去了。於是幾個人便組織起詩社來。黛玉建議先去掉姐妹叔嬸的稱呼，而各起一名號。李紈自稱叫「稻香老農」，探春叫「蕉下客」，黛玉叫「瀟湘妃子」，李紈封寶釵叫「蘅蕪君」，黛玉要寶玉叫「怡紅公子」。迎春和惜春，分別叫「菱洲」、「藕榭」，大家即以白海棠爲詩題，作起海棠詩來。

39.秋爽齋偶結海棠社 局部一

（清代·天津楊柳青年畫）
木版墨線

　　海棠詩社組成後，李紈自舉掌壇。翌日，史湘雲被賈母接了過來，起了別號，叫「枕霞舊友」，齊來賦詩遣興。圖中一大圓桌，上鋪繡花桌布。桌面上有文房四寶，壺碗水盂。薛寶釵坐在一四開光木墩上，提筆沈思，在尋詞覓句；賈寶玉立在相對桌旁，等待寶釵詩成，以先讀爲快；座位正中，榜署「寶琴」，手拿篇章，面視寶玉。按：《紅樓夢》故事中，此人還未出場。圓桌之旁，史湘雲和襲人二人並肩而立，襲人手捧詩篇，如低聲細讀；湘雲舒指正對前面寶玉，似在告訴襲人手中的詩文甚佳，作者爲怡紅公子賈寶玉。圖上人物的相互照應，體現了詩人們完稿的先後不同時刻，和湘雲在詩社開壇後，及時趕來的細膩情節。

40.秋爽齋偶結海棠社局部二

（清代・天津楊柳青年畫）
木版墨線

探春簡邀衆姐妹和寶玉組社作詩，其時王熙鳳、王夫人、賈母、鴛鴦……都沒在場。年畫畫師爲使圖中人物齊全，顯出熱鬧，故將賈母、紫鵑、平兒等等，都收入畫中。此一局部，刻繪一長方桌案，林黛玉坐於四足圓櫈上提筆寫詩，旁有麝月手托已完成的詩篇，欲行又止，回首在看黛玉的新詩句。桌前身穿繡花大襖，鑲邊長褲，項掛金環繫鎖的惜春，因不善作詩，立在桌前爲黛玉扶紙。槅扇門外，賈母慢步前來，手扶丫鬟紫鵑的雙肩，亦來參看熱鬧。從人物的衣裝髮式來看，除麝月、紫鵑二人外，都是梳頭簪花，盤髻於後，無梳高髻縮頂者；衣服則是寬領大襖，袖鑲花邊，下穿肥腿長褲，皆晚清婦女時裝。繪刻寫實，可資參考。

41.秋爽齋偶結海棠社 局部三

（清代·天津楊柳青年畫）
木版墨線

　　圖寫秋爽齋室內一角。中刻一大圓形
落地罩，雕花鏤空，鑲玉嵌翠，界分內外。
內有王夫人坐在一花欄床上，旁有一丫鬟，
穿坎肩，繫圍裙，穿肥口大褲，上鑲花邊，
手中拿一水煙袋，在伺候王夫人。丫鬟身
後，一花臺，上放果盤，內盛佛手柑，表
明季節正當春天。王夫人背後，一大畫屏。
頂上掛一西式玻璃煤油燈，燈上有罩，下
有蝴蝶結流蘇，爲當時新鮮之物。另一盞
方燈，形如傳統樣式，燈屏上一面畫折枝
花卉，一面題詩詞韻文，點綴了室內富貴
之家的照明設備。按：圖上懸掛的煤油燈，
又名「洋燈」、「火油燈」，最初出現在上海。
光緒二年（1876年）葛元煦《滬游雜記》
載：「火油燈製法甚精，以白玻璃爲罩，光
燭一室。」持圖對照，知此圖刻繪於光緒初
年。

96

42.梨香政韻

（清代·山東濰縣年畫）

木版墨線 29×52 厘米

圖中畫長橋橫水，清淺池塘中，荷香隨風。畫面右邊，一臨池水榭，曲欄內，林黛玉坐在一圓桌旁，手握筆管，在寫詩修詞，桌上有水盂石硯，筆筒香薰。黛玉椅背椅後，平兒手掐一荷苞，手扶欄柱欣賞荷花。長橋上賈寶玉輕步在前，香兒(香菱)捧硯在後。遠處山巒起伏，水平如鏡。上題「梨香政韻」。按：紅樓故事中，有「慕雅女雅集苦吟詩」之回目。描敍甄士隱女兒英蓮被拐賣兩次，後歸薛蟠，又隨薛氏全家入賈府，改名香菱。香菱羨慕大觀園內眾才女能詩會畫，便想立志作詩；先到瀟湘館求教於黛玉，後又讀古詩，試作詩文。終於得佳句，邀入詩社。圖寫黛玉爲香菱改正詩韻的故事。

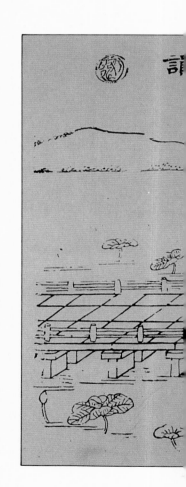

43.怡紅院織衣

（清代‧河北武強年畫）

木版墨紙粉紙 27×43 厘米

此圖描寫的內容，蓋取「勇晴雯病補孔雀裘」的故事。圖中晴雯本應因病坐在內室炕上，此圖則畫晴雯伏身於繡架前，賈寶玉立於後，旁有王熙鳳；前庭外，薛寶琴身披皮裘與丫鬟步行雪景中，看去與故事環境多不相類，但農村農民卻覺得熱鬧，不喜病人坐在炕上織衣。此外，晴雯織補的孔雀裘，據賈母說：「這叫雀金呢，這是俄羅斯國拿孔雀毛捻成線織的。」其實並非如此。因我國早在明朝已有用孔雀毛織的錦緞，貢獻朝廷。而俄羅斯地處近寒帶，不可能豢養孔雀，取翎織衣。不過雍正五年（1727 年）俄國女皇喀德鄰第一世曾遣使來華，以議中俄邊界及貿易問題。可知雀金呢之說，是有根據。

俏紅院識衣

賈寶玉

王熙鳳

醉金玉琴

44.金陵十二金釵玩遊圖

(民國・上海玩具)

朱色石印　　54×62厘米

　　古代博戲中，有「彩選格」。相傳爲唐代李郃創製。玩法是以骰子擲彩，依彩之大小，升降官職，故後來又叫「升官圖」（見宋・高承《事物紀原》）。此圖是以《紅樓夢》中的人物身份高低，分作若干格，始由「本支人部」、「本支文部」（如賈敬、賈政等）、「本支玉部」（如賈珍、賈瑞等）、「外姓戚部」、「侍女兼差」以及「園中女職」、「三等侍女」、「府内規則」、「仕途處分」、「封典」、「特恩」、「園景」、「仙翁」、「離恨天」、到「原始正宗」和「福壽全歸」爲極點。將《紅樓夢》書中的重點人物和園林佳處共刻於一方紙上。使同玩此圖者，無意中便將小說中的古代名人及賈氏親族，一一記清。

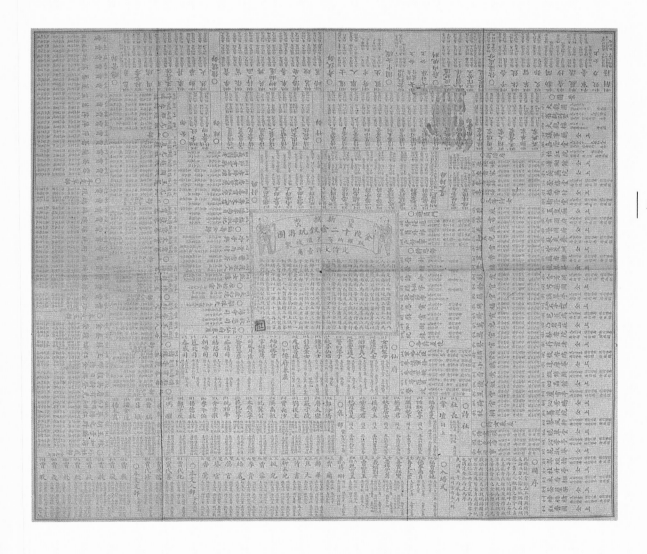

103

貳、詩箋、箋譜

　　箋字亦作「牋」，是紙之小幅而華貴者，古代以供文人題詠或爲書翰之用。作爲題詩吟句者，叫「詩箋」，用於寫信者，名「信箋」，總之，它是屬文房之一種。過去箋紙十分講究，明代還在箋紙上印有淺淡花樣，集成一部書型，名曰《箋譜》。今天所見都是翻版者。

　　箋紙是中華民族文化中之一寶。它歷史悠久，「十樣蠻箋出益州」，是說唐代成都浣花溪畔，已有唐代女子薛濤自製詩箋的故事。不過一千多年前薛濤所製的箋紙，只是染色的彩箋，並沒刻印花紋圖案。歷宋、元，到明代天啓 (1621～1627 年) 間，江寧 (南京) 吳發祥用「拱花」技法，刊印了一部《蘿軒箋譜》，後又有胡正言編印的《十竹齋箋譜》四卷，刻成於崇禎十七年 (1644 年)，始有印花者。這類箋譜，刻印講究，圖版較小，是以餖版、拱花的刻印方法製成，只可作爲文物玩賞，用之可惜，故無散葉可尋。而今天只有《北平箋譜》尙存一二。古代文人作詩或公私書信往來，都用「紅八行」毛邊或粉簾紙、宣紙。信封是用綿紙裱厚，裁糊成信封，而後在封面上用一條紅紙粘在當中，以便寫收件人。文人學士不願隨俗，自製各種箋紙，加印花紋，或印宋版書字，旣襯托文章辭藻華美，又顯得函札古雅貴重。而翰林院中講究用梅紅紙 (又稱薛濤箋)，仿古代花箋，尺寸有大有小，用途不一。故淸代箋紙上的花紋多樣起來。常見的是用彩色線版印在淡色紙上，版面較大，和箋紙相等，宛如一幅線紋版畫。一種是壓花方法，用略深色紙，覆在線紋版上，以櫸製的「蕩子」(工具) 磨擦紙面，印出凹下之線紋。還有一種壓花箋，花紋較小，只在箋紙一角壓印出凸線花樣，圖上帶有五彩淡色，工本高貴。再有就是餖版水印，有的版面和紙相等，如同一幅花鳥小幅。這類箋紙多用宣紙印製，十分可觀，但已是淸朝晚期了。印花箋紙之發展至此已呈疲勢，不久民國成立，石印箋紙出現在上海、天津等地，內容也由此起了變化。上海商務印書館、中華書局等較大的出版機構，都有印花箋紙產品發行。如商務印書館印的《西湖十景》箋。還有以德國俾斯麥 (Bismarck，1815～1898)、法國拿破侖 (Napoleon) 等圖像，刻成線版印成箋紙者。此後，魯迅、鄭振鐸先生鑒於中國印花箋紙這一傳統藝術之衰落，「於是搜索市廛，拔其尤異，各就原版，印造成書，名之曰〈北平箋譜〉」(魯迅

〈北平箋譜序〉)。這是民國二十二年的事。待民國二十六年(1937年)抗日戰爭爆發後,《北平箋譜》已成為中華民族文化史上,最後的一部印花箋紙了。

《紅樓夢》題材的箋紙,花色不同,以同治十三年(1874年),三山逸史繪,鳳榮室製的《晴雯撕扇》,和京江之秀軒主人題,鳳榮室製的《蟋蟀盆前姊妹歡》兩葉線版圖為最早。其次是閬城畫,恆隆義刻印的仿古花箋。有《惜花埋花》、《病補孔雀衣》、《私看西廂》、《踏雪尋梅》四葉。後一葉上,題識有「辛卯秋月閬城寫」字跡,此圖若非道光辛卯(1831年)印刻,即是光緒十七年(1891年)印製。以上六圖皆出自南京紙店之製品,而且都有故事情節,繪刻高古。之後,則有《藥欄花韻》、《琉璃世界白雪紅梅》、《瀟湘仙子簪花圖》等。圖上刻有製箋家「恆隆」字號,有的還題有「十洲老人畫本」。按:十洲本是明代工筆仕女畫家,這類題識,不言而喻,料是民間畫工高手所作。北京刻印的花箋版面略小,收集到的只有「金陵十二釵」。如《鶯聲嚦嚦》、《一總閒情寄釣竿》等,以壓花技藝印製。又《寶釵撲蝶》一圖,用朱、綠色版套印,並有八行紅格。人物造型近乎《紅樓夢》早期繡像插圖,堪稱妙品。入民國後,有邗江吳岳(南愚)繪製《紅樓夢七十二釵箋》,成於民國三年至五年(1914~1916年)間,石印單頁,以朱、藍、赭、綠、黃諸色印製,每圖畫面皆附詩一首。《警幻仙姑》一圖,末題「丙辰孟夏之月邗江南愚吳岳畫於京師之縹緗館」二十字。又有《豐兒》一圖,末署「南愚吳懶丁擬王小梅先輩筆法」字一行。是悉《紅樓夢七十二釵箋》師從晚清上海仕女畫家王小梅。為作者流寓北京時作。上海印製箋紙者,開業較晚,光緒二年(1876年)葛元煦撰《滬游雜記》,謂:「箋扇鋪製備五色箋紙,以古香室、縵雲閣、麗華堂為最,城內以得月樓、飛雲閣、老同椿為佳。」以上諸家之箋紙中,未聞有《紅樓夢》畫樣者。光緒中葉,有周致明(彬)繪,九華齋刊印的《瀟湘鸚鵡》、《與花雙麗》,僅收此兩幅。

箋譜中名家之作,不乏佳製,但繪刻小說故事者,僅見有㲄山畫,同泰義刻印的《西廂記》和閬城寫,恆隆義刊印的《紅樓夢》,最有民間版畫韻味和代表民族文化結晶了。

45.瀟湘仙子簪花圖

（清代・南京詩箋）
木版朱線淡綠紙 23×15.5 厘米

　　圖寫綰髮成髻，梳洗已畢的瀟湘仙子（林黛玉），左手持一菱形花鏡，右手撫按鬢角新花，正在整妝。圖中黛玉，彷彿溫庭筠〈菩薩蠻〉詞中：「懶起畫娥眉，弄妝梳洗遲；照花前後鏡，花面交相映」的美人標致。圖上題「瀟湘仙子簪花圖小影」和「恆隆摹」字樣。按：恆隆爲晚清金陵（南京）刻印箋紙、信封的字號，又有「恆隆義」等字號，曾刻印了成套《紅樓夢》（「金陵十二釵」）詩箋。此外還有《西廂記》的故事畫箋，都是成套裝在錦盒中。今很難得齊全了。

瀟湘仙子愛蓮花
圖以影傳隆尊

109

46.黛玉瘞花圖

（清代・南京詩箋）

木版綠線米黃紙 23×12 厘米

　　此圖描繪黛玉晚上去找寶玉，因晴雯和碧痕拌嘴生氣，沒給黛玉開門，錯疑在寶玉身上。次日正是「芒種」餞別春盡花謝，又待來年的節氣，勾起了黛玉傷春愁思的情緒，依舊來到以往春末掩埋殘花的地方；由不得傷感之情，熱淚流到了香腮，哭了幾聲，隨口念了幾句：「儂今葬花人笑痴，他年葬儂知是誰……一朝春盡紅顏老，花落人亡兩不知。」不想寶玉兜了一些鳳仙、石榴草各色落花，來到昔日和黛玉共埋桃花的地方。當走到山石後，聽到黛玉哭泣又念悼花之詞，不覺慟了過去。圖寫石青苔碧，花落葉舒，林黛玉移步於殘春花落的大觀園中，重至掩埋桃花塚處。手扶花鋤，停止哭聲，回首似聞山後寶玉亦在哭泣。

惜殘春猶自癭花憩

佳蓮製

47.瀟湘鸚鵡

（清代・上海詩箋）

木版朱線米黃紙23×12.5厘米

元妃自從省親回宮後，忽然想起大觀園中的景物，料賈政必定令人敬謹封鎖，不允人們進內觀賞，如此豈不荒涼可惜，遂令太監夏忠到榮國府下一道諭：「命寶釵等在園中居住，不可封錮；命寶玉也隨進去讀書。」於是寶玉進了大觀園，先問黛玉住那裡好？黛玉心裡想著瀟湘館清雅，因那裡有幾竿竹子，隱著一道曲欄，比別處幽靜。遂要在瀟湘館住下，後稱林黛玉爲「瀟湘妃子」。此圖，畫林黛玉坐在根雕椅上，舉臂在餵鸚鵡。作者周彬，上海九華齋刻印。人物秀美，衣紋刻繪舒暢，黃金架上的朱喙翠羽之鸚鵡，俯身欲下，注視黛玉手中之鳥食玉罐。生動逼眞。

瀟湘鸚鵡

致明周彬作

48.巧姐紡績

（清代‧南京詩箋）
木版赭線米黃紙印 23×15 厘米

　　《金陵十二釵正冊》中，有巧姐的一幅畫和判詞。畫面繪一座荒村野店，有一美人在那裡紡績。判詞云：「勢敗休云貴，家亡莫論親；偶因濟村婦，巧得遇恩人。」畫面及判詞皆暗示是熙鳳之女巧姐。因劉老老進賈府找王夫人時，鳳姐曾以銀錢等物周濟過村嫗劉老老。後來賈府勢敗家亡，鳳姐死去，巧姐身陷不幸，可巧遇鄉下的劉老老，不忘舊恩，才得獲救。此圖繪刻的巧姐，頭無珠花首飾，身無金環翠鎖配戴，布衣裙帶，坐在油燈前，紡紗績麻。屋室窗如農戶，牆如黃泥壘築。上有幾株桑榆樹枝，掩映成趣。繪刻內容，如小說中所描述。圖下款題：「燈窗課績，浣香女史」。作者當是一名女畫家。

燈檠課績

浣香女史

49.蟋蟀盆前姊妹歡

（清代・南京詩箋）

木版紫線淡藍紙 22.5×12 厘米

　　圖寫碧雲映梧桐，寒蟲鳴草間，玉砌雕欄內，一石質長桌，賈寶玉頭頂紫金冠，身穿圓領袍，肘搭桌角，側身回首在看盆中蟋蟀。上題「蟋蟀盆前姊妹歡」，描寫了秋深露冷，大觀園中寶玉等在與姐妹喜鬥蟋蟀消遣之景。按：詩箋為寫詩的專用紙，如唐朝四川成都薛濤自製詩箋，只是深紅色，後稱「薛濤箋」。明代始有刻印花卉或人物的「箋譜」。清代《紅樓夢》刊版印行，當時列為禁書一類，但是民間畫工卻繪製成圖，刊印在文人雅士喜愛的箋紙上。此圖刻有「同治甲戌夏日，京江之秀軒主人題」和「鳳榮室製」，是悉刻印年代為1874年，為詩箋中印有年代的罕見珍品。

蟋蟀盆前姊妹歡

鳳汜甲戌夏日
東江三秀軒主人題

鳳棠室製

50.寶釵撲蝶

（清代・北京詩箋）

木版套色八行紙 23×12.5 厘米

農曆「芒種」節氣，大觀園中女孩子們用綾錦紗羅疊成千旄旌幢，繫在花木枝頭，祭餞花神；衆姐妹在大觀園裡遊賞，獨不見黛玉。寶釵説：我去找了他來，就撂下姑娘們，一直往瀟湘館去。離瀟湘館不遠，寶釵忽見寶玉走了進去，想到黛玉素多猜忌，爲避免嫌疑，遂抽身向來路回去，剛要舉步，忽見一雙玉蝴蝶迎風翩躚，十分有趣。寶釵從袖中抽出扇子在撲捉蝴蝶，蝴蝶飛來飛去，引的寶釵追撲不著，卻香汗濕衣，嬌喘細細。此圖以紅衣綠石套色印製，紙上猶有八行格式印痕，是屬早期印花箋紙形式，與後來者不同。古雅可觀。

51.私看西廂記

（清代 · 南京詩箋）

木版朱線米黃紙 23×15.5 厘米

時值暮春中浣，早飯後，賈寶玉攜了一套《會真記》（《西廂記》）走到沁芳閘橋那邊一塊石頭上，趁著天暖氣和坐下翻閱。正看到「落花成陣」，忽然一陣暖風吹過，樹上桃花紛紛落到地上。寶玉頭上腳下，書套石上都是芳香花瓣。寶玉惜花愛花，不忍踩踏，只好兜著花瓣送到水邊，抖到池裡，花瓣流出沁芳閘去了。寶玉回來見到花瓣又落下滿地，正踟躕間，只聽背後有人說話；寶玉回頭，見是黛玉手內拿著花帚來掃花，寶玉喜不自禁，忙將《西廂記》收拾起來。黛玉問他什麼書？寶玉謊言是《中庸》、《大學》。黛玉不信，寶玉只好遞給黛玉看，並告訴她，勿往外傳。黛玉從頭看去，愛不釋手。故此圖題作《私看西廂記》。

私看西廂記
閒城寫恆隆義□藏

52.惜花埋花

（清代・南京詩箋）

木版朱線米黃紙 22.5×15 厘米

《紅樓夢》第二十七回裡有「埋香冢
飛燕泣殘紅」的故事。描寫林黛玉夜往寶
玉處，因晴雯未開門，錯疑寶玉疏遠自己，
翌日正是「芒種」，餞花之期，黛玉獨自持
鋤繞過山坡去埋花。黛玉一面埋花，一面
感到桃李明年能再發，明年閨中知有誰？
哭中吟出了「儂今葬花人笑痴，他年葬儂
知是誰？試看春殘花漸落，便是紅顏老死
時；一朝春盡紅顏老，花落人亡兩不知」
的傷逝哀情。不料寶玉聞聲走來，見景生
情也悲泣起來。後來黛玉知昨夜是丫鬟懶
怠動未開門，二人又和好同回屋中去了。
圖寫黛玉荷鋤葬花，面露傷春之愁容。庭
中太湖石後，賈寶玉背負雙手，彷彿在聽
黛玉泣聲。構圖奇巧，刻繪精妙。

惜芳埋花

恒隆義仿古閬城寫

123

53.病補孔雀衣

（清代·南京詩箋）

木版朱線米黃紙 22.5×15厘米

　　賈寶玉去祝舅老爺生日壽辰，賈母將一件俄羅斯用孔雀毛拈了線織成的「雀金呢裘」給了寶玉穿，以禦路上風寒。寶玉不防，後襟上被手爐裡的炭火迸上，燒了一個頂指大的洞。麝月趕緊叫人拿到外邊去織補，因織補匠、繡匠、女工都不識孔雀裘，不敢攬活。事被患病躺在床上的晴雯都聽得仔細，忍不住地翻身坐起來說：拿來我瞧瞧吧，寶玉便把孔雀裘遞給晴雯，又移過燈來。晴雯一夜未眠，帶病補好孔雀裘。故事詳見第五十二回「勇晴雯病補孔雀裘」。圖中蕉葉出牆，夜靜更深。月窗內丫鬟擎燈，晴雯坐在床上在細補孔雀裘。寶玉一旁不睡，以待天明。

病補孔雀衣

乾隆義製衣訓圖

54.踏雪尋梅

（清代・南京詩箋）

木版朱線米黃紙 23×15.5 厘米

　　圖中寫庭石峭立，磴階高疊，上有薛寶琴頭戴風帽，上罩竹帽圈，外披斗篷，內穿旗裝上襖，下繫素裙背風而立。後有小螺丫鬟懷抱玉瓶，瓶插枯枝梅花侍後。階下賈寶玉戴風帽，披輕裘拱手向上。描寫了「蘆雪庭爭聯即景詩」之前，賈寶玉到櫳翠庵，妙玉送給衆姐妹梅花各一枝，同時寶琴也折來梅花一枝立在石坡後遙望寶玉，等候一同出園到賈母房中用飯。圖上刻有：「辛卯秋月，閬城寫，恆隆義仿古」等字。閬城爲畫家名，生平不詳。辛卯乃清光緒十七年（1891年）歲次。此圖繪刻距今已有百年之久，而紙色不變，線紋清晰。足證古人作業之精到。

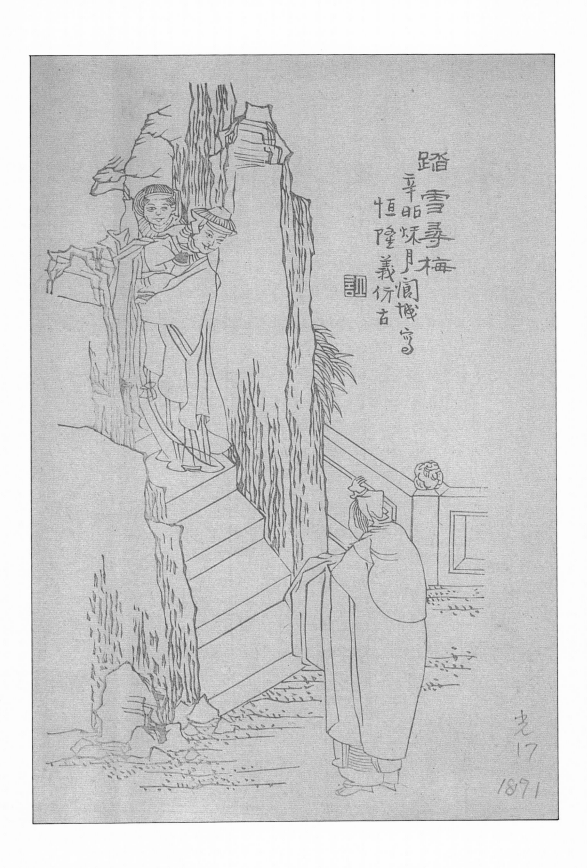

踏雪尋梅
辛卯炳月澗摭寫
恒隆義衍古 訓

光
17
1871

55.菱洲春倦

（清代‧南京詩箋）

木版朱線梅紅紙 23×15.5 厘米

《紅樓夢》大觀園內有紫菱洲，迎春住在其中的綴錦樓內。一日衆姐妹興至，應惜春之邀請，齊集於秋爽齋起了個海棠詩社。黛玉提出先把姐妹叔嫂字樣改了，各起一個別致的雅號。李紈自稱爲「稻香老農」，探春自名「秋爽居士」，寶釵因迎春住在紫菱洲，就爲他起了個「菱洲」。圖寫石几竹椅，圓木花臺，臺上瓶插秋菊，室內陳設簡雅不俗。迎春離座，高揚玉臂，伸腰解乏。刻畫了大觀園內春暮晝長，美人無事可做，閨中依舊，深感時光流逝，令人厭倦之神態。

56.藥欄花韻

（清代・南京詩箋）

木版朱線梅紅紙 23×15.5 厘米

　　此圖故事出自《紅樓夢》第六十二回「憨湘雲醉眠芍藥裀」。寶玉、寶琴、岫烟、平兒四人生日的這一天，大家行令飲酒，對點豁拳。因賈母、王夫人都不在，寶玉和眾姑娘們就呼三喚四，任意取樂，滿廳中飛紅舞翠，珠玉玎玲，好不熱鬧。大家玩了半天，散席的時候，忽然發現湘雲不見了；大家越等越沒影兒，原來湘雲因多吃了幾盅酒，獨自躺在山石後睡著了，芍藥花瓣隨風吹落了一身。圖中史湘雲枕腕而眠，旁有芍藥花開，香透石孔。上題「藥欄花韻，十洲老人畫本。」按：十洲爲明代畫家仇英之別稱。十洲老人豈有此畫本，蓋民間藝人嫁名而已。

药栏花韵
十洲老人画本
乾隆

131

57.琉璃世界白雪紅梅

（清代·南京詩箋）

木版朱線梅紅紙 23×15.5 厘米

　　此圖情節，描寫雪天寶玉去櫳翠庵乞
梅，妙玉折枝相贈的畫面。圖中刻一峭崖
陡壁，石上梅花偃仰有致，妙玉身披斗篷，
戴觀音兜，手持梅花一枝，步於板橋之上，
形象宛如道釋人物畫中的白衣觀音。構圖
新穎，人物靜中有動，尤其是橋邊岸旁的
幾枝枯葉瘦竹，勁拔有致，點出了時序已
是嚴冬臘月，冰天雪地之季節。全圖線刻
不多，簡練潔要，頗富詩箋之特色。

58.天花隊裡胭脂雪

（清代・南京詩箋）

23×15.5厘米

　　此圖以梅紅色箋紙，上壓深紅線紋製成，是一幅晚清時代《紅樓夢》題材的佳作。圖中刻印寶琴披裘戴帽，頭插冠子，手持梅花一枝，從山坡上踏雪而下。內容刻畫的與前圖同，都是「琉璃世界白雪紅梅」和「蘆雪亭爭聯即景詩」中，讚美薛寶琴披著鳧靨裘，站在山坡上，衆人都笑道：「就像老太太屋裡掛的仇十洲畫的《艷雪圖》。」賈母則說：「那畫的那裡有這件衣服，人也不能這樣好。」圖中只是缺少了一個抱著一瓶紅梅的丫鬟。

天花隊裏胭脂雪

135

59.警幻仙姑

（民國‧北京箋譜）
彩色石印宣紙 21×12 厘米

　　警幻仙姑又稱「警幻仙子」，爲太虛幻境中的女仙。因受榮國公賈源和寧國公賈演二公英靈囑托，從賈寶玉的夢中，導引寶玉神遊太虛幻境，示以金陵十二釵冊，演出紅樓夢十二支曲。賈寶玉聽到第一支歌：「春夢隨雲散，飛花逐水流；寄言衆兒女，何必覓閑愁。」詞中含意：人生苦短，歡娛難存，青春年華易逝，人們沒有必要爲此憂愁。警告寶玉並謂寶玉獨得「意淫」二字，然而寶玉不悟。圖中警幻仙姑頂結花髻，身穿裙裳，肩搭披帛立於雲霄。左右有侍女擎障扇，執仙拂，陪立兩旁，彷彿仙女從天而降。上題「幻警仙姑」，當是警幻二字倒置之誤。

幻醒嵩仙姑
千寸百怪幻
初胎產闌
曾播揚舞
臺劍逸豪
家脂粉宏五
雲深處現身
未雨辰至
夏之月祁江
南愚吳岳畫於
京師之縹緗館

60.姽嫿將軍

（民國・北京箋譜）

彩色石印宣紙 21×12 厘米

圖寫一頭綰三鬟之仕女，身穿錦衣，腰繫素裙，前掛金甲，腰佩利劍，右手握一紅纓槍，左袖掩手當胸，英姿俊雅，婷立於石欄之前。圖上題詞：「管領之軍出六宮，共誇巾幗女英雄；錦璫銀鎧桃花馬，一騎衝開劍血紅。」按《文選・宋玉神女賦》有：「既姽嫿於幽靜兮」句。注云：「姽，靖好貌；嫿，好貌。」賈政編造恒王被黃巾、赤眉賊黨殺敗身亡，青城不守，文武將官欲降，姽嫿將軍林四娘聞得凶信，聚集眾女將乘夜殺入敵營，先勝後負，終於犧牲的故事，是要賈寶玉、賈蘭、賈環作一篇輓詞，以試三人才思。林四娘為明代青州衡王府宮人（見王士禎《池北偶談》），但無「姽嫿將軍」之說。

138

婉孌將軍
管領三軍出六宮
共誇巾幗女英雄
錦璫銀鎧桃花
馬一騎衝開劍
血紅　南愚心

61.薛寶釵

（民國・北京箋譜）

彩色石印宣紙 21×12 厘米

薛寶釵是《紅樓夢》中「金陵十二釵」之一，也是除賈寶玉、林黛玉之外的主要人物。薛寶釵在賈寶玉的心目中，曾作這樣描述：薛寶釵「頭上挽著黑漆油光的鬢兒，蜜合色的棉襖，玫瑰紫二色金銀線的坎肩兒，蔥黃緞子棉裙；一色兒半新不舊的，看去不見奢華，惟覺雅淡。罕言寡語，人謂裝愚；安分隨時，自云守拙」。圖中薛寶釵穿披開襟綾衣，腰繫羅裙，雙袖疊前，立於帷幔下。室內長几上，一琴橫陳，陶鼎中，內插孔雀尾和靈芝。月窗外，池生菱荷，青鈿浮動。上題：「絳雲軒裡怨夾夢，滴翠亭前蛺蝶圖；攘得月圓旋復缺，半生贏受繡幃孤。」反映出薛寶釵生平事蹟。

薛寶釵

絳雲軒裏夢先覺夢
滴翠亭前蛺蝶留撲浮
月圓花復缺丰生嬴受綉幃私
淮南吳岳莊澂新羅畫牢

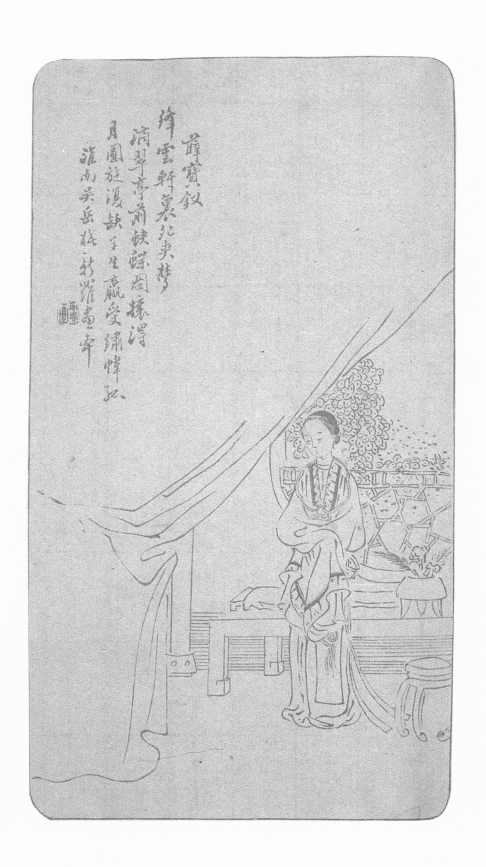

62.探春

（民國・北京箋譜）

彩色石印宣紙 21×12 厘米

探春是賈政的次女，賈政之妾趙姨娘所生。探春在賈氏四姐妹中，出類拔萃，精明強幹，才志不凡。只因她是趙姨娘所生，加上趙姨娘和賈環俗不可耐的行爲，使探春頗多顧忌，難以施展其才識抱負，形成她在衆姐妹中的獨特性格。當黛玉初見探春時，看她「削肩細腰，長挑身材，鴨蛋臉兒，俊眼修眉，顧盼神飛，文彩精華，見之忘俗。」賈府氣勢漸衰，賈母已老，探春獨侍史太君，支撐殘局，顯露出探春的才能。探春結局是下嫁給鎮海總制周瓊之子，遠離大陸。圖寫時屆春暮夏初之際，芳草倚翠石，花木葉扶疏，探春修長身材，立於青石案前似在開卷問話，旁一丫鬟在止步回答。

探春

一飄風雨海天秋索翠氣
秋高遠速似臙脂粉臘男子
氣錫名排玉合玟瑰 雨黑

143

63.史湘雲

（民國・北京箋譜）
彩色石印宣紙 21×12 厘米

　　傳統繪畫中，畫《紅樓夢》人物者，嘗畫史湘雲睡臥在花下青石櫈上。此圖繪製的史湘雲則不同，是倚臥在一蓆枕竹簟平榻上，手握團扇，身穿素衣素裙。室內無瓶花文具，唯有一茶几，几上放一果盤，盤內盛佛手柑。室內景象雅素空寂，如畫面題詩：「香夢沈沈眠芍藥，芳心脉脉恰其憐；文君新寡嬌逾甚，逝水愁雲一愴神。」史湘雲是賈母史太君的侄孫女，忠靖侯史鼎的侄女。才思敏捷，直爽大度，但命途乖舛，是「金陵十二釵」之一。湘雲常與黛玉、寶釵、寶玉等吟詩聯句，但詞文多悲涼，隱喻未來結局。後來湘雲出嫁，姑爺才情學問俱佳，卻病已成癆，湘雲只有自悲命苦。此情與詩相符。

史湘雲

香夢沈沈眠芍藥
心脈脈恰其醉文君
新妝孤迺甚赼水
愁雲一恪神一

南愚畫

64.妙玉

（民國・北京箋譜）

彩色石印宣紙 21×12 厘米

妙玉爲賈府大觀園中櫳翠庵的女尼。她的身世是在《紅樓夢》第十七回中，林之孝的口中介紹出來的：「外又有一個帶髮修行的，本是蘇州人氏，祖上也是讀書仕宦之家，因自幼多病，買了許多替身，皆不中用，到底這個姑娘入了空門，方才好了，所以帶髮修行。今年十八歲，取名妙玉。」大觀園修飾完成後，妙玉從西門外牟尼庵接到櫳翠庵中。爲「金陵十二釵」之一。妙玉出身高貴，性格孤傲而又有潔癖，爲世俗難容。最後賈府衰敗，家奴何三勾結歹徒夜盜錢財，妙玉被盜賊看中，用薰香薰倒。可憐一潔淨的女兒，被強盜劫走，是甘受污辱，還是不屈而死，書中沒有細説。

妙玉

芳潔情懷入定中濃春色相
未全空春末人敢梅花沒一著
春風便染紅

南恩 瑟

65.迎春

（民國・北京箋譜）

彩色石印宣紙 21×12 厘米

　　賈迎春是賈赦之女，庶母所生，秉性善良，不善詩詞，惟喜讀《太上感應篇》善書。黛玉南來到賈府時，見到迎春的時候，對迎春形象描寫爲：「肌膚微豐，身材合中，腮凝新荔，鼻膩鵝脂，溫柔沈默，觀之可親」的評介。迎春心地和善，迷信報應循環，遇事只望息事寧人，勿庸人自擾。迎春雖是「金陵十二釵」之一，又是賈府元、迎、探、惜四美人之一，但故事不多。迎春後來結局是由賈赦作主，嫁給了祖上係軍官出身，現襲指揮之職，弓馬嫺熟，應酬權變的孫紹祖。最後終被孫家揉搓身亡。圖中賈迎春衣裝樸素，神態沈靜，立於秋庭中在與小丫鬟傳送文篇。

迎春

紫雲洲畔水雲空　感孟空傳不語中　開譜牽
芳數花莢春花毓不耐東風　雨蕊 🔲

149

66.惜春

（民國・北京箋譜）
彩色石印宣紙 21×12 厘米

　　賈敬之女惜春，爲賈珍之胞妹，「金陵
十二釵」之一。「警幻仙曲演紅樓夢」一回
裡，惜春屬《金陵十二釵正冊》，冊上畫一
古廟，裡面有一美人獨坐其中看經。下有
判詞：「勘破三春景不長，緇衣頓改昔年妝；
可憐繡戶侯門女，獨臥青燈古佛旁。」暗示
惜春最小，看到她三個姐姐的不同結局，
好景不長，像似春榮秋謝的花一樣。一日，
惜春在同水月庵小尼姑智能玩耍時，曾說
將來自己也剃光頭，去佛庵裡當個姑子。
最後結局，惜春果然爲尼。惜春不擅長作
詩而會作畫。曾畫《大觀園行樂圖》。圖寫
一畫案，上鋪素紙，惜春握筆構思，正在
作畫，旁有女婢捧硯而來，刻繪出「惜春
作畫」的故事。

67.王熙鳳

（民國・北京箋譜）
彩色石印宣紙 21×12 厘米

152

　　賈璉之妻王熙鳳，人稱鳳姐，賈政夫人的内侄女，榮國府中堅強能處理事務的當家奶奶，號稱「鳳辣子」，「金陵十二釵」之一，是《紅樓夢》中主要的人物。有權術，心狠手辣，貪污吃醋，不亞於臟官。她曾設相思局，佯允與賈瑞夜晚相會，使賈瑞受騙，穢污全身，害病正照風月鏡，死於鏡中的王熙鳳面前。又如第十五回「王鳳姐弄權鐵檻寺」；第六十九回「弄小巧用借劍殺人」等等，都刻畫了王熙鳳這一人物的女子才幹。王熙鳳的命運於《聰明累》一曲中暗示出來：「機關算盡太聰明，反算了卿卿性命！生前心已碎，死後性空靈，家富人寧，終有個，家亡人散，各奔騰。」其結局確是如此。

熙鳳

可羨才調惹風狂　辰飾錦還鄉一致
渺茹此婦玷除貪與詐承歡理劇
勝姑婬　懶丁甾
園

153

68.巧姐

（民國・北京箋譜）
彩色石印宣紙 21×12 厘米

此圖畫一背身少女，身著繡衣，腰繫長裙，倚靠香案而立，目視窗外春景。窗內立一屏風，上畫飛燕舞晴空，黃鶯鳴細柳。香案陳設古雅，有三足丹爐和壽山之石，頗似道德清淨之室。上題：「留餘慶，留餘慶，忽遇恩人；幸娘親，幸娘親，積得陰功。勸人生，濟困扶窮。休似俺那愛銀錢，忘骨肉的狠舅奸兄！……。」《紅樓夢》十二支曲中之一曲。巧姐是賈璉和王熙鳳的女兒，金陵十二釵之一。鳳姐見劉老老健康有壽，遂請這位莊稼人給起個名子。劉老老聞知大姐出生月日爲七月初七，就以「巧」字取名，取逢凶化吉，遇難呈祥之意。最後賈府衰落遭難，劉老老救了巧姐，同到鄉下裡安身，已是《紅樓夢》末後之事了。

巧姐

發餘慶發餘
慶恩遇恩
人事娘親章
娘親積德陰
功勸人生濟
困扶窮休似
俺那爱銀錢
忘骨肉狠舅
奸兄正是
栗陈加减工
肯著茗寫
丙辰春三月
南愚

69.秦可卿

（民國・北京箋譜）
彩色石印宣紙21×12厘米

　　圖中畫一根雕書案，上陳詩書花瓶，秦氏側坐垂目讀書。旁開月亮門，門外雕花綺窗，玉石鋪路，點染出賈府貴族之環境。圖上題：「幽夢迷離入夢明，蘭閨春睡喚卿卿；嫩寒芳氣人何處，情不可傾只可輕。」按《紅樓夢》載：秦可卿小名可兒，又名兼美，賈蓉之妻，為「金陵十二釵」之一。小説中敘述秦氏因心性高強，思慮太過，憂傷致病而逝。據紅學家們考證，秦可卿之死，是因賈蓉之父賈珍曾與兒媳秦氏私通，後含辱自縊而亡。在「十二釵冊」中，有詩後畫一座高樓，上有一美人懸樑自盡的畫面，即指秦氏最後結局。俞平伯先生曾謂秦可卿，乃情可輕也。恰與此圖詩中末句相敷。

可卿

幽梦迷离入梦〻明兰闺〻
睡唤卿〻撇空芳气人何庵
情不可倾兴可轻　南惑

157

70.寶琴

（民國・北京箋譜）
彩色石印宣紙 21×12 厘米

　　薛寶琴爲寶釵的堂妹，兄薛蝌，品貌才識勝似寶釵。因許婚給都中梅翰林之子爲妻，正遇到鳳姐之兄王仁進京，隨之而來，準備聘嫁之事，一齊來到賈府。賈母見寶琴美貌出眾，十分喜愛，命王夫人收作乾女兒。因天下雪珠兒，賈母還賜給了一件用野鴨子頭上軟毛做的「鳧靨裘」。賈母喜愛寶琴甚至欲與寶玉求配，成爲孫媳，一樣寵愛。後因寶琴已許配梅翰林之子，遂打斷了這一念頭。可知寶琴在賈府中堪與黛玉、寶釵媲美。圖寫薛寶琴步行於冰天雪地上，後有一丫鬟抱一折枝梅瓶隨行。圖上詩云：「香車舊夢集懷來，弔古微詞費索猜。才調無雙人第一，紅梅白雪艷花魁。」

寶琴

香車舊夢集瀟湘甲古
微韻賀家精才調無雙人第
一紅梅白雪艷花魁 南愚作詩丙辰
春三月上澣于京師寓齋

159

71.喜鸞

（民國·北京箋譜）
彩色石印宣紙 21×12 厘米

160

　　喜鸞是賈府遠門同宗的賈瑞之妹。賈母八旬大慶，八月初三爲壽辰之日，因親友都來祝壽，恐筵席排設不開，便同賈赦、賈璉商議，訂爲從七月二十八日起，到八月五日止，寧、榮兩府中齊開筵宴，寧國府中單請官客，榮國府中單請堂客。壽辰過後次日，都是族中子侄輩來祝壽。因賈瑞之母帶著女兒喜鸞，還有幾房孫女兒，大小共有二十多個。賈母獨見喜鸞和賈瓊之妹四姐生得好，說話行事與衆不同，心中歡喜。生日過後，留下二人在大觀園玩了兩天而去。圖中畫一多寶格几，几上放置宋窯盆景，翠玉奇石，陳設古雅。喜鸞身披織錦斗篷，亭亭玉立於前。人物形象清秀，衣紋以釘頭鼠尾描，頗見畫家筆力工夫。

書寫
運理間枝雜女灌堂前者意
珠鷗城後生偶入屋芳除者
識春風不在多 商愚作

72.傅秋芳

（民國・北京箋譜）
彩色石印宣紙 21×12 厘米

162

　　傅秋芳在《紅樓夢》小說中，無多筆墨描寫，只說她是通判（府中的官名，分掌糧運及農田水利等事務）傅試的妹子。因傅試原是賈政的門生而獲官職；他的妹子有幾分姿色，聰明過人，傅試總想仗著妹子，要與豪門貴族結親，不肯輕易許人。所以傅秋芳年已二十三歲，仍獨守香閨。而賈寶玉聞知傅試的妹子是個瓊閨秀玉，常聽人說，才貌俱全，雖未親覩，然遐思遙愛之心，十分誠敬。所以圖中畫傅秋芳獨居深閨，對鏡理鬢，自嘆春光已逝，秋景不長。窗前的梧桐，瓶中的粉菊，更增添了幾分秋色芳菲，然而已近四季之末了。旁題:「落寞芳姿盛美譽，良緣欲締意如何？深愁不識春風面，悵惘文園賦子虛。」

傳秋芳

莫莫芳姿感美譽文緣欲師宏
何如深鎖不誠春忘而帳慍文闈感又塞南鳶

73.周姨娘

（民國‧北京箋譜）
彩色石印宣紙 21×12 厘米

榮國府賈政娶妻京營節度使王子騰之
妹王夫人外，又納趙姨娘、周姨娘爲妾。
趙姨娘生有賈環，女探春，周姨娘膝下無
子女，常與趙姨娘一起出現在節日或日常
侍奉長上。故事情節寥寥。周姨娘安分知
禮，不惹是非，人品與趙姨娘成對比。圖
寫周姨娘髮型平常，衣著樸潔，手捧書冊
坐於平榻上。旁有高低折几，几上放蕉葉
瓷尊，上插仙草靈芝，杯碗書籍。畫工人
物傳神，衣紋線描洗練，體現了周姨娘兩
耳不聞窗外事，一心只讀聖賢書的品格。
上有題詩：「身爲人妾抱衾裯，奉侍殷勤性
順柔；安分謹言隨處好，也無兒女也無
愁。」概括了周姨娘這一人物的生活概貌。

164

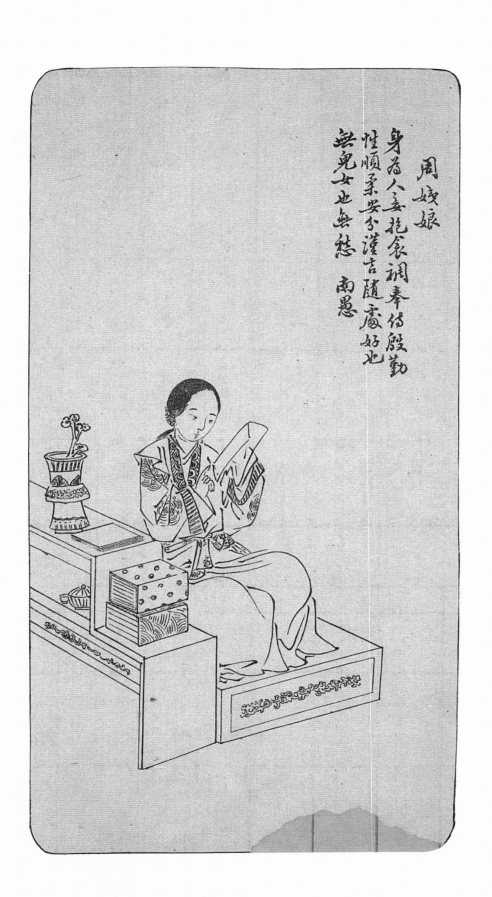

周媄娘

身為人妾抱衾裯奉侍殷勤
性順柔安分謹言隨處好也
無兒女也無愁 南愚

74.偕鸞

（民國・北京箋譜）
彩色石印宣紙 21×12 厘米

　　我國傳統人物畫中，仕女題材者多是雍容華麗，或清秀閑雅，姿態文靜，很少揚袖起舞，動作放開者，因古代簫鼓聲樂，演技舞蹈等，除皇帝王府，豪門貴戚之家外，市上罕見。故一般畫工難以想像創作出來。此圖兩個古裝仕女，一個偕鸞，一個佩鳳，二人都是賈珍小妾，故事很少。尤其是偕鸞，小説中只提到大觀園中，平兒還席吃酒，尤氏帶了偕鸞、佩鳳過來遊玩。兩人又去打鞦韆，玩了一會兒，散去。圖中二人作對舞狀，一個作展翅翱翔，一個金雞獨立，衣帶飄飄舉，翠袖生風。舞姿生動自然，如詩中所形容：「劇有郎君冷眼看，秋千影裡笑聲歡。湘裙六幅飄颻起，五色雲中下彩鸞。」

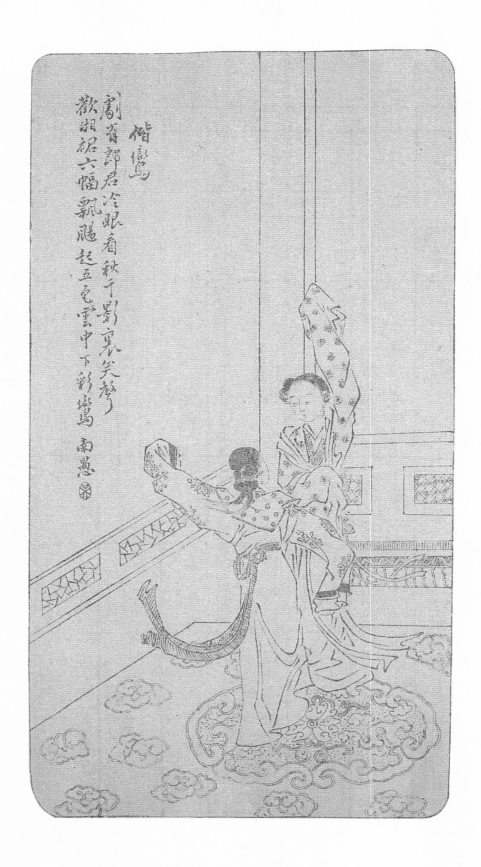

偕鴛

劉香郎君冷眼看鞦韆影裏笑聲
歡期約六幅飄颻起五色雲中下彩鴛　南愚

75.尤二姐

（民國・北京箋譜）
彩色石印宣紙 21×12 厘米

　　圖寫尤二姐雙袖抱膝，倚坐在簟席上，後置書篋與瓷鼓，室內空空，無桌椅床榻，清冷似監牢。二姐雙目凝視，面帶愁容，如不勝其寒。上題：「逐水桃花落亂紅，九龍遺佩怨東風；淚珠洗面此朝夕，能夢驚心虎口中。」道出了尤二姐到了寧府被賈璉看中後，總向二姐眉目傳情，但又怕賈珍吃醋，不敢輕動。一日，賈璉又到寧府來到上房見二姐，吃茶時，賈璉暗將一漢玉九龍佩解下；二姐有意，亦暗自收下。由此賈蓉作媒，計議瞞過王熙鳳，另找房舍將尤二姐偷娶過門。但好景不長，秘事被鳳姐知曉，鳳姐乃設下圈套，將尤二姐從外宅接到園中，令秋桐百般折磨；二姐朝夕淚珠洗面，終於吞金自裁。

76.蕊官

（民國・北京箋譜）

彩色石印宣紙 21×12 厘米

170

　　圖寫雲淡風輕，暑退涼生，秋景院落裡露出一角方亭。亭前冰紋花盆中，黃菊盛開，亭下少女蕊官梳蚌珠（頭側兩邊各綰一團髻）髮式，穿花邊坎肩，繡衣長裙，腕扶書桌之一角，垂目凝思，對人生若有所悟。蕊官乃大觀園建成之日，賈薔從蘇州買來的十二個女孩之一，安排在梨香院學演小旦角色，後歸薛寶釵使喚。蕊官曾將一包薔薇硝托春燕帶給芳官，因賈環搶要，芳官換了一包茉莉粉給賈環。趙姨媽以爲芳官是粉頭（做戲人），欺侮主人，找到芳官打了起來。蕊官、藕官等得知芳官被打，一起圍住趙姨媽廝打，探春等趕來，事才平息。最後蕊官、芳官看破人生世情，分別到水月庵、地藏庵削髮爲尼。

尤二姐

逐水桃花落亂紅九
龍遺佩怨東風淚珠
洗面此朝夕能夢驚
心痛心中

南愚畫于京師

169

76.蕊官

（民國・北京箋譜）
彩色石印宣紙 21×12 厘米

　　圖寫雲淡風輕，暑退涼生，秋景院落裡露出一角方亭。亭前冰紋花盆中，黃菊盛開，亭下少女蕊官梳蚌珠（頭側兩邊各綰一團髻）髮式，穿花邊坎肩，繡衣長裙，腕扶書桌之一角，垂目凝思，對人生若有所悟。蕊官乃大觀園建成之日，賈薔從蘇州買來的十二個女孩之一，安排在梨香院學演小旦角色，後歸薛寶釵使喚。蕊官曾將一包薔薇硝托春燕帶給芳官，因賈環搶要，芳官換了一包茉莉粉給賈環。趙姨媽以爲芳官是粉頭（做戲人），欺侮主人，找到芳官打了起來。蕊官、藕官等得知芳官被打，一起圍住趙姨媽廝打，探春等趕來，事才平息。最後蕊官、芳官看破人生世情，分別到水月庵、地藏庵削髮爲尼。

蕊官
身世飄零大可哀爭芳逐豔
逞英才可憐一覓豪華夢少年
侯門妙舞臺 南愚 [印]

77.葵官

（民國・北京箋譜）
彩色石印宣紙21×12厘米

葵官是大觀園十二個學戲女孩之一，專學淨（大花面）角。曾在正月十五日元宵夜宴上，賈母叫梨香院的教習帶著文官、葵官等十二人出來演幾齣小戲。先叫芳官唱了齣「尋夢」，只用簫和笙笛，餘者一概不用。又叫葵官唱一齣「惠明下書」（《西廂記》裡的一折），也不用勾臉譜。又令文官等吹彈了一套「燈月圓」。戲完樂罷散去。葵官後來隨著大觀園遣散優伶時，送給了史湘雲使喚，改名叫韋大英。在抄檢大觀園後，被逐出園。圖中葵官以袖支頤，單膝盤坐在竹床邊，似正凝愁。上題：「古今臺上步生花，出類聲容利齒牙，粉面未教傅粉墨，夜來記否染微瑕。」反映了葵官演出情景。

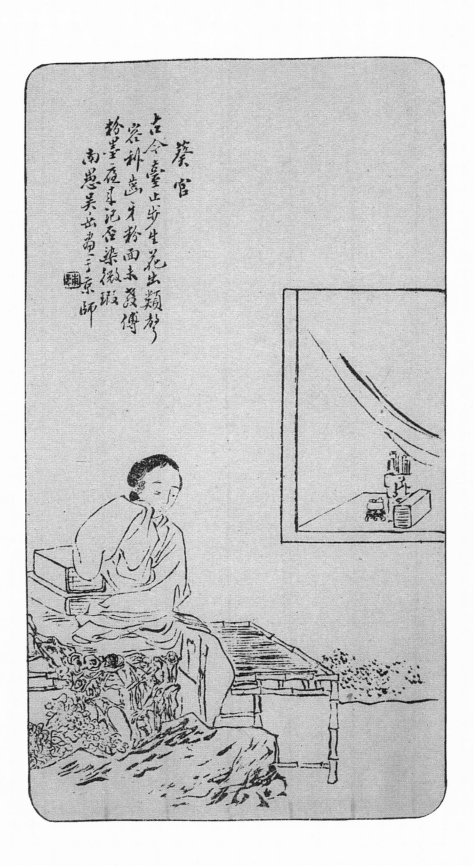

蔡官

古今臺上歲生花出頰艷
容補齒才粉面未賀傳
粉墨庭年記香染微瑕
南思吳出畫京師

173

78.鴛鴦

（民國·北京箋譜）
彩色石印宣紙 21×12 厘米

　　賈母身旁的丫頭鴛鴦，是世代爲奴的金彩的女兒，很受賈母的信任，剛強自重，做事認眞。李紈曾説：「老太太屋裡，要没鴛鴦姑娘，如何使得？從太太起，那個敢駁老太太的回？她現敢駁回，偏老太太只聽她一個人的話。老太太那些穿戴的，別人不記得，她記得。要不是她經管著，不知叫人誆騙了多少去呢！況且她心也公道，雖然這樣，倒常替人上好話兒，還倒不倚勢欺人的。」反映了鴛鴦的品德。故事中，鴛鴦拒絶了賈赦老頭要娶她作小老婆，並以剪刀斷髮爲誓，寧死不屈。又無意遇到了司棋一雙，驚散了一對鴛鴦，後又安慰司棋。最後賈母死，鴛鴦自裁而殉。圖寫鴛鴦獨行於秋蓼蘆塘邊。

79.金釧

（民國・北京箋譜）
彩色石印宣紙21×12厘米

「不染塵埃小洞天，半潭秋水葬嬋娟；香魂縹緲驚鴻杳，一盞寒泉薦水仙。」是詠金釧含辱而死的現狀。金釧姓白，本是王夫人房裡的小丫頭。盛暑的一天，衆人都在自己屋中歇息，寶玉從黛玉屋裡走出，不便到別處去，便來到王夫人房中。見金釧正合著雙眼給王夫人捶腿，悄悄地走向前來。把荷包裡的「香雪潤津丹」拿出一丸，塞在金釧口中，金釧張口噙著，閉目不語。寶玉笑道：「我和太太討了你，咱們在一處吧……。」金釧聽了笑道：「你忙什麼，金簪掉在井裡頭，有你的……。」不料王夫人聽到了，翻身打了金釧一嘴巴，並撑了出去。金釧含羞投井自盡。寶玉心存內疚，後在水仙庵井臺上設香私祭。

金釧

不染塵埃小洞天　半潭秋水蓋
嬋娟　魂縹緲　鶩一鴻查一蓋寒
泉岩水傑

南尋 吳圖

177

80.彩雲

（民國・北京箋譜）
彩色石印宣紙 21×12 厘米

178

　　彩雲爲王夫人房中的丫鬟。一日，賈政在王夫人房中商議事情，敎寶玉前來問話。寶玉心怕，由兩個老嬤嬤帶來，行至廊檐下，見金釧、彩雲等衆丫鬟都在一旁站著，抿著嘴笑他。這是彩雲第一次出場。彩雲的故事是：賈環令人討厭，只有彩雲與他還合的來。有一次彩雲私贈茯苓霜給賈環，事被吵出，彩雲不願冤屈他人，說出眞情，要自己去受罰。賈寶玉忙止住說，彩雲姐姐果然是個正經人，自願承擔悄悄偷的，爲嚇嚇大家玩。此事反引起了賈環的猜忌，怒將彩雲所贈之物摔在彩雲面前。故此圖中題詩：「悔戀春風悔覓愁，等閒未晦別薰蕕；無端孤（辜）負殷勤意，分付雲情逐水流。」

彩雲

悔戀春風悔覓愁草
閒未悔別蕙蘭無端振負
殷勤意分付雲深逐水流

　　　　　南晏心

179

81.平兒

（民國·北京箋譜）
彩色石印宣紙 21×12 厘米

平兒是侍候王熙鳳的丫鬟，因賈璉收平兒通房作妾，便成了王熙鳳的心腹之人，以察賈璉行跡。然而平兒心地善良，處處平息事端，保護好人，救濟貧困，同情受苦者，憐惜薄命人。如《紅樓夢》第五十二回，墜兒偷了平兒的蝦鬚金鐲，被宋媽發現要了回來，送往王熙鳳屋裡，可巧熙鳳沒在屋，被平兒接了過來。因墜兒是賈寶玉屋裡的小丫頭，平兒怕寶玉難堪，晴雯性暴，只説不慎把鐲子遺失在雪深的樹根下，今日雪化，失而復得。又如賈璉偷娶尤二姐後，送去給二姐的茶飯都是不堪之物，平兒看不慣，自己拿錢給尤二姐弄菜吃。圖中題句：「俗夫妬婦周旋久，貌不平平語自平。」描繪出了平兒的人物造型。

平兒

淺笑輕顰羊一段情
醉紛紛搗令吾持
衡作大姬婢原
放久貌太平諳自
平懶工作時
丙辰初夏之月

181

82.襲人

（民國 · 北京箋譜）
彩色石印宣紙 21×12 厘米

襲人姓花，原是賈母的婢女，本名蕊珠，賈母見她純潔溫良，勤勞和順，因恐寶玉之婢不中使用，便將蕊珠去伺候寶玉。寶玉因知蕊珠姓花，又曾見宋·陸游詩中有「花氣襲人知晝暖」句，遂回明賈母，把蕊珠改名叫襲人。在第六回「賈寶玉初試雲雨情」的細節裡，是賈府中唯一和賈寶玉有私情的丫鬟。所以小說中，襲人是重要角色，直到書尾，一直未離主人公賈寶玉。最後一百二十回中，賈寶玉出家，襲人欲守不能，欲死不得，委屈地嫁給蔣玉函。故事已是尾聲了。圖中的花襲人，側身坐一瓷墩上，手捻針線，似在做女紅。配景補以向陽花窗，梧桐秋庭，意境恬然宜人。

慵懶人
啇掃珐瑯色種宿因移堪
廉姗遂溶塵誌君細按譜
彭潯花雪頭夜賤人
廣陵吳岳畫於京師

83.小紅

（民國・北京箋譜）
彩色石印宣紙 21×12 厘米

圖寫蘆葉荻花，秋水池岸，槐蔭樹下，小紅獨坐在長石案前，在舒紙欲寫心中之事。畫面上題詩一首：「一從遺帕惹相思，巧語關關病起時。好趁東風抬舉力，從今掉弄上高枝。」人物刻畫如生，線描工力精深，佈景構圖宛如一幅古裝仕女畫。按：小紅本姓林，名紅玉，爲榮國府大管家林之孝的女兒。因紅玉的「玉」字，與寶玉、黛玉的「玉」字犯諱，便改名叫小紅。小紅的故事如詩中所反映：賈芸因事前往大觀園，小紅因而相識；小紅在找丟失的絹帕時，見賈寶玉自己拿碗倒茶，便從後接過碗來，寶玉一面吃茶，一面問，才知是房中小丫鬟。小紅的手帕後被賈芸拾到，惹起了小紅的相思病，夢想攀上賈氏高枝。

184

一從遺帖惹相思 巧語閨中訴起時
好趁東風抬舉力 從今搦弄上高枝 南愚
小紅

84.秋紋

（民國・北京箋譜）
彩色石印宣紙 21×12 厘米

賈寶玉房裡的丫鬟秋紋，常恃寶玉的寵，斥責小丫頭、老婆子。圖中畫秋水流緩，樹靜無聲，景物悠然。護水石欄內，秋紋身著衣衫，腰繫圍裙，舉袖掩口，神情若在想事。秋紋身後，畫一水榭，窗內繡幔掛起，露出了方桌圓櫈，筆硯書籍，陳設不俗。畫面左上方刻詩一首：「羅衣雖舊主恩新，受寵如驚拜賜頻。笑語喃喃情悄悄，拾人餘唾轉驕人。」意指寶玉曾命秋紋送給賈母折枝桂花一瓶，老太太高興，賞給了秋紋幾百錢；又給王夫人送去一瓶，王夫人心喜歡，賞給秋紋兩件現成的衣裳。此事秋紋說給了晴雯，晴雯反說秋紋沒見過世面。秋紋生氣，以「我只領太太的恩典」駁之。

秋紋

羅衣雜沓主恩新學寵如鶯
拜賜頻笑語情情恰人
餘嬌躲驕人

邗江吳岳 圖

187

85.茜雪

（民國‧北京箋譜）

彩色石印宣紙 21×12 厘米

　　茜雪乃賈寶玉房中的一丫鬟。故事情節簡單：薛姨媽和寶釵住到賈府後，這天下雪，寶玉、黛玉都來看望，薛姨媽擺上了幾樣細巧茶食，請大家喝茶。寶玉又見薛姨媽拿出香糟鵝掌，便要同大家喝酒，奶母李嬤嬤不許。經薛姨媽說不准多喝，李嬤嬤這才放心。這時寶玉、寶釵、黛玉初次以酒相會，非常興奮。李嬤嬤卻又來阻止寶玉再飲，寶玉不悦。待大家散去，寶玉回到自己房中，已有醉態。見茜雪捧上茶來，吃了半盞，想要早上泡的那碗楓露茶，茜雪說：李奶奶喝了。寶玉一聽大怒，把瓷杯一摔，跳起來問著茜雪：「他是你那一門子的奶奶……不過小時候吃過他幾日奶罷了。」茜雪竟因此被趕逐出去。

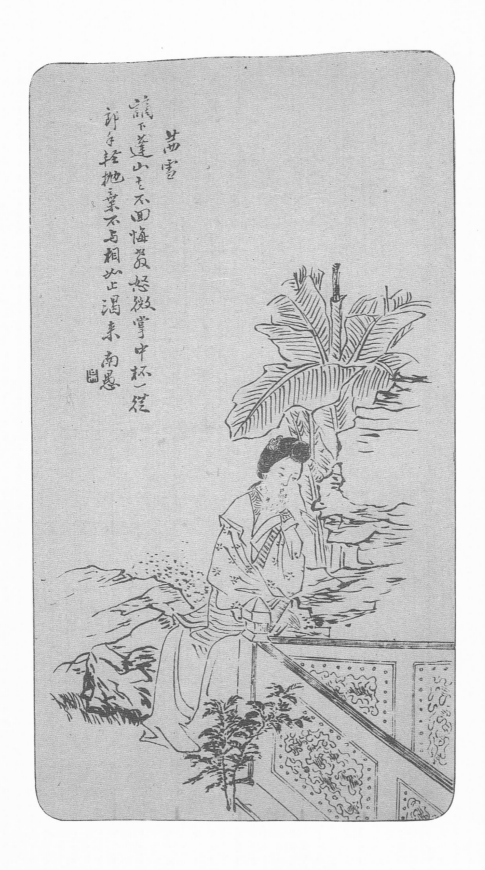

86.雪雁

（民國・北京箋譜）

彩色石印宣紙 21×12 厘米

　　圖寫桂花一枝，橫空放香，花下雪雁
上穿斜襟花衣，腰繫巾帶，下著素裙，雙
手捧一漆盤，上放一玉盅，立於石砌池岸
之上，好像在往園門走去，卻停步回首不
前。上題：「桃僵李代漫相依，何事離群又
別飛。恨惘二分明月夜，南來哀雁不同歸。」
詩中大意是謂：雪雁是隨林黛玉由江南來
到賈府，當時只是一個十歲的小丫頭。林
黛玉病危，雪雁卻代紫鵑到寶玉婚禮華堂
上作攙扶新人的儐相，以曚騙寶玉錯認爲
雪雁攙扶的是林黛玉；正是賈寶玉與薛寶
釵舉辦結婚大禮時，病危的林黛玉已氣絕，
只恨雪雁未能送終。故詩中末句爲「南來
哀雁不同歸」。

190

雪鴻

桃僵李代沒
相依何李離
羣之別飛
悵惆二子明月
夜南來霜雁不
同歸　懶丁

87.鶯兒

（民國・北京箋譜）
彩色石印宣紙 21×12 厘米

　　鶯兒本名金鶯，姓黃，是薛寶釵的丫
鬟。因襲人攜了鶯兒過來爲寶玉打結玉絡
子，寶玉問她幾歲，姓什麼，才知道姓黃
名金鶯。薛姑娘嫌拗口，只單叫鶯兒，如
今就叫開了。此圖畫面爲兩人，一個坐在
石案旁，雲髻簪花，手拿嫩柳細枝，當是
鶯兒；一個項繫披肩，腰紮圍裙，坐於鏤
空石墩上，爲丫頭春燕。旁有花木翠石，
竹搭欄杆，環境如大觀園之一角。圖上題
詩有：「劈柳分花巧剪裁」句。反映了畫面
描寫的是鶯兒離開了紫鵑房中，一徑順著
柳堤走來，隨手採了些嫩柳條，坐在山石
上編起花籃玩。這裡鶯兒正編著，春燕走
來，二人閑話中，管園的婆子看到了折柳
編花籃，便叱責春燕、嗔怪鶯兒大鬧起來。

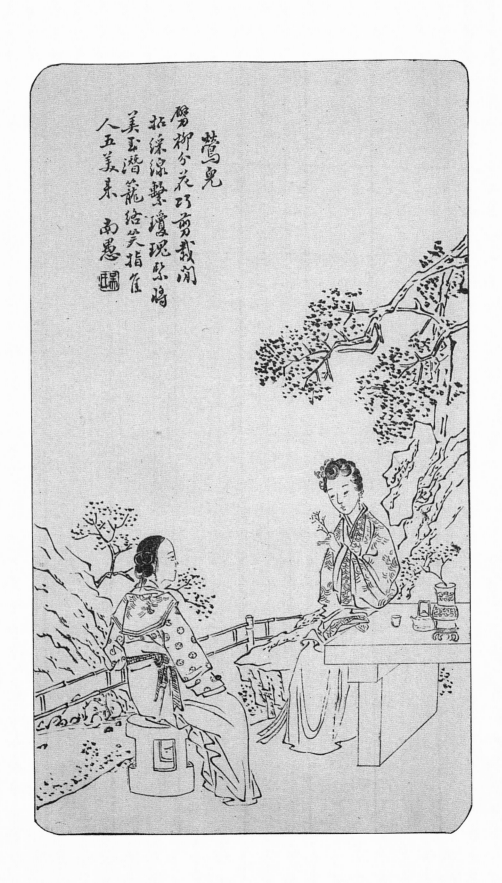

鶯兒

碧柳分花巧剪裁喃
拕深綠繫瓊瑰現珠嘴
美玉潛籠綌笑指佳
人五美東 南愚 [印]

193

88.小螺

（民國・北京箋譜）

彩色石印宣紙 21×12 厘米

　　小螺是薛寶琴從南京到京都就親時，帶來的一丫鬟，到大觀園中較晚，故事不多。如：寶玉生日時，群芳聚宴，飲酒行令，寶琴和湘雲對拳，湘雲輸了。説了酒面，吃了酒和鴨肉，因見有個鴨頭，順口説道：「這鴨頭不是那丫頭，頭上那有桂花油。」引得小螺、晴雯等人過來説：「雲姑娘會開心兒，拿著我們取笑兒……。」又在寶琴折梅時作陪襯。如圖上詩中所詠：「料峭風前煥翠鳧，琉璃世界倩花扶；聳肩斜抱瓶梅侍，來補冬閨挹雪圖。」畫中小螺衣裙華美，袖手伏几坐於月窗內。窗上錦帷高挑，窗前庭石奇峭，石旁芭蕉葉冷，黃菊傲霜。人物刻繪入神，山石皴法精妙。令人觀久不厭。

小螺

斜峭風
前煥翠
意疎
璃世翠
倩為扶
攙耳府
斜抱瓶
梅傳来
浦冬閏
抱雪圖
南愚作

叁、彩線刺繡

刺繡又名「針繡」，是中國歷史悠久的工藝美術之一。《周禮》：「畫繢之事，五采備，謂之繡。」可知西元前已有了繡工之事，且與蠶絲有關。近年河南省信陽，湖北省隨縣，都曾出土了戰國時期的一些刺繡殘片，而1972年湖南長沙馬王堆出土的一些西漢文物中，繡片最多，花紋清晰，繡品內容，有茱萸繡、長壽繡、乘雲繡……多種，現藏長沙湖南省博物館中。就此來看，可知漢代繡品中，還沒出現以人物故事為主要內容的東西。1965年，甘肅省敦煌莫高窟，發現了繡有男女供養人的宗教施願品，證實了約在五世紀，北魏孝文帝元宏（471～499年）在位時，絲綢路上已有人物題材的繡品了。刺繡到了明代，不僅內容包括了山水林木、道釋人物、花鳥草蟲、龍魚貓蝶，同時人物繡品中，如《屈原問渡》、《忠孝圖》等等（見佚名《嚴氏書畫記》），帶有故事情節之作。為清代刺繡工藝品中，步向以小說故事為主題的道路之嚆矢。不過那時都是家庭女紅之事。

清代經濟發展，繼明末和海外國家交往增多，絲綢、造紙、瓷器……手工業都日益發達和繁榮，刺繡藝術漸由家庭走向社會，形成了作坊行業。另外原因，清代服裝形式和民俗禮儀各項活動，與前朝相比，有很大變化。如煙袋荷包、摺扇扇套、鼻煙壺、懷錶、眼鏡等，都有美麗的刺繡外套裝飾，佩帶腰間，且多作禮品或贈友好，或作婚禮。當時全國較著名的繡品產地，有江蘇蘇州的「蘇繡」，湖南長沙的「湘繡」，廣東的「粵繡」（以孔雀羽毛編線為「繡」，繡品金碧奪目而著名），蜀繡又名「川繡」，以四川成都為中心。北京是元、明、清三代帝都，故「京繡」又名「官繡」，明清時期已從民間刺繡基礎上，發展成「京繡」的獨立行業。京繡因受宮廷皇族的愛好影響，繡品風格精細規整。山西的晉南和晉北都有刺繡作坊。晉南繡品多以大紅、深藍、黑色綢緞作底色，配淡雅色澤的花樣圖案，形成對比。晉北的刺繡作坊為批量生產，是先用木版刻印出刺繡的花樣於紗絹上，然後由繡工用彩線完成。這裡的《紅樓四景》一圖，是清代婦女襖袖上的一對繡花邊飾。此類花邊在楊柳青年畫中，如《秋爽齋佳人偶結海棠社》一圖的畫面上，黛玉等人所穿的長襖大袖，袖口上皆有繡花邊飾，即屬此類之刺繡。原圖是以藍、綠二色套版，印在長47.5厘米，寬20厘

米的一條素綾上，人物圖景呈對稱形式，繡工完成後，即可從中間剪開，分縫在做好的襖袖口上。如今繡好的成品固已難得，而未繡之原版印製（尤其是《紅樓夢》故事題材）者，更是不可再得。故此圖十分珍貴。

　　清代北京繡花作坊散布在外城。而前門外珠市口東的西湖營，原來與駐紮兵馬有關，後來銷售繡品的行業漸集中此地，京城人們便稱它叫「繡花街」。繡花街之稱，帶有中國近代受外國侮辱的歷史意義：清光緒二十六年(1900年)，清政府與八國侵略者簽訂了屈辱的《辛丑條約》，准許外國軍隊在中國首都東交民巷駐兵的特權，北京雖然沒有租界，但從此外國人往來在北京不受任何限制。當來到中國的一些有識之士，看到中國婦女服裝刺繡之美，準備收集起來，送到本國博物館展出，或研究怎樣用線，一針一針繡成面。於是商人得到信息後，便在前門外西湖營開設繡花商行。專從各地收購古舊繡品運京，出售給外國喜愛工藝美術者。民國二十六年(1937年)，日軍在中國北京蘆溝橋製造事端，爆發了全國抗日侵略戰爭。繡花街的生意由此日益冷淡，繡品斷絕，西湖營繡花街的掌故也很少人知道了。這裡選出的一件外方內圓的花瓣形繡帔，是清代婦女繫在肩上的繡品，原是整套《紅樓夢》題材的衣飾之一。四瓣雲頭之中，分繡「晴雯撕扇」、「水榭詠菊」等四景故事。乃繡花街之絕妙精品。

199

89.繡花帔肩

（清代・北京刺繡）

緞面絲繡 28×28 厘米

200

　　古代婦女服飾中有「雲肩」，是披在肩上的一種飾品。《元史·輿服志一》：「雲肩，製如四垂雲，青緣，黃羅五色，嵌金爲之。」早期的雲肩實物難得，惟見於敦煌莫高窟古代壁畫中。清代的雲肩遺留下來的形式多樣，大都如《元史》中所載：「製如垂雲」。此圖形製即如其式：四個雲頭，分作四片，中間空處，項套其中，四角雲頭搭於前胸、後背、左右肩上，配以繡袍花衣，確實具有東方美人裝束之特色。這種雲肩在明清時代，嘗作禮服衣裝飾物，或新婚婦女時繫於項間。今日只有戲曲舞臺上旦角尚戴。圖中雲肩的四雲頭，分別各繡《紅樓夢》故事一節。計：黛玉葬花、醉眠芍藥、賞菊藕香榭、病補孔雀裘，按春、夏、秋、冬之景而繡製。精美絕倫。

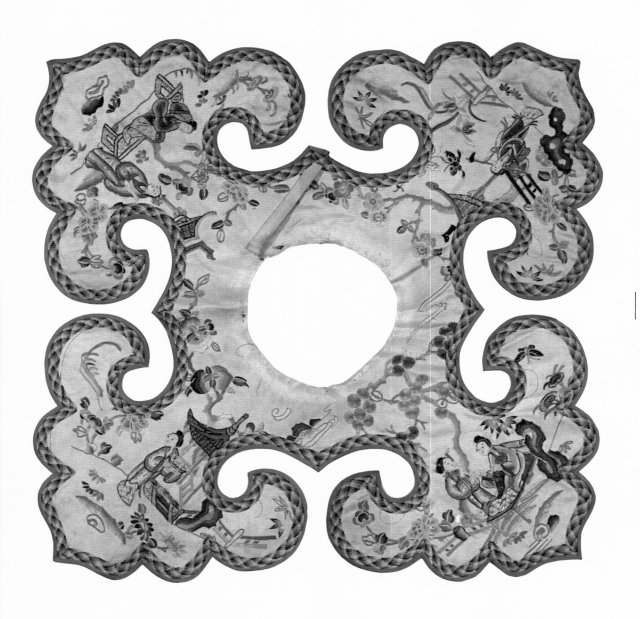

90.黛玉葬花

（清代・北京刺繡）
緞面絲繡

黛玉葬花的季節，乃三月下浣，百花漸謝，榴花將開。故而多愁善感的林黛玉年年葬花，嘆花容月貌不久將是皤髮老人！因惜時憐花，聯想到自己，嘗掃殘花落瓣，聚而埋之。由此葬花便成了黛玉的專題。圖中所繡之景物與小說不同。圖上桃花開放，下有方亭一角，細瓦重疊於上，垂脊朱漆雲頭。亭下芳庭草地，青石深潤，牡丹花開。雕欄曲折不盡，旁有幽蘭放香。其間，林黛玉身穿寶藍衣裳，繫以粉色繡裙，肩荷花鋤，鋤上掛一竹籃，舉目回視空中墨色蝴蝶，彷彿是隨黛玉逐香而飛。雖然景園中，不見山坡流水，花謝春歸之景象，但從黛玉荷鋤於花木芳草中，卻可得知爲黛玉葬花之故事。

91.醉眠芍藥

（清代·北京刺繡）

緞面絲繡

　　圖中繡一株芍藥，高如花樹，下有一紫木長榻，榻足板上，開長圓形透光花孔，榻上湘雲上身穿蔥綠衣，織錦裙，枕拳而眠。床榻之旁，賈寶玉頭戴紫金冠，身穿紅色繡花袍，手握一把摺疊紙扇，輕步悄悄而來。圖上遠處，露出水榭翹脊，樑柱斗栱，施以朱漆彩畫，裝修華麗悦目，非同一般人家後花園中之設施。全圖主要人物外，繡面空白處，又有花開並蒂，靈芝仙草生於左右。此外，還有孔雀藍寶石，羊脂玉石散置地中央，襯托出了繡出的人物故事。即：寶玉生日，大觀園中諸姐妹爲其祝壽，席間飲酒行令，賦詩助興；史湘雲因醉出外散熱，睏臥於石櫈上，花落滿身，衆姐妹以爲韻事。

92.水榭詠菊

（清代・北京刺繡）
緞面絲繡

　　圖以彩色絲線繡一涼閣水榭，臨池迎風，池邊朱欄逶迤，沿岸護堤。畫面前有一丫鬟衣裝整潔，穿藍色紅袖開襟衣，下繫粉色花羅裙，雙手托一杯盤茶具，舉步走向水榭。池中蒲葦叢生，芙蓉盛開，路邊野菊衰草錯落其間，季節正當暑退風爽，葉落秋生。大觀園中，賈母隨湘雲、鳳姐齊到藕香榭賞花品茶，遙看水天一色秋景。幾個小丫頭在煽風爐，沏茶燙酒，一時眾姐妹齊來飲酒釣魚，賞花詠菊，各自抒發自己才思。故事詳見《紅樓夢》第三十八回「林瀟湘魁奪菊花詩」一節。因人物眾多，此圖只繡一水閣涼亭，幾株菊花，一丫鬟捧盤送酒，概括了景物和題材內容。

93.晴雯補裘

（清代・北京刺繡）
緞面絲繡

　　晴雯補裘的故事情節，已見前圖同一題材的圖版說明。書中敍述晴雯所補的「雀金呢」（孔雀裘），是從俄羅斯進口的。如從當時中國對外貿易的情況看，除了南方已有了澳門（廣東）外，北方則只有外蒙恰克圖爲中俄最早通商貿易之所，還没有今日的東北中俄貿易之地符拉迪沃斯托克。符拉迪沃斯托克原名「海參崴」，是中國北部的海港，咸豐年間被割讓給了俄國。可知中俄關係的發展，和貿易往來的情況。圖中繡一四足雲頭木榻，晴雯倚坐在榻上織補孔雀裘，旁有麝月丫頭在幫著捻線立在榻旁。背景繡以大觀園外景：牡丹吐艷，青松摩天，仙芝靈草上蝴蝶盤桓，與故事環境略異。

94.紅樓四景

（清代·山西刺繡）
刺繡稿本 47.5×20 厘米

　　晚清婦女裝束，以寬領大袖，百褶長裙爲時尚，大戶人家的衣裙上還要鑲上刺繡花邊爲華麗。此圖是鑲在襖袖上的一對花邊，中間分開，兩條成對稱形式。內容取《紅樓夢》故事中的四物圖景。即：元春、迎春讀書；探春、惜春賞畫；寶玉、寶釵下棋；寶玉聽黛玉撫琴。構圖巧妙地將元、迎、探、惜四春安置在高閣繡樓之中。槁襦遮日，美人臨窗。樓下園中，花開引蝶，一邊是寶釵坐在瓷鼓上與寶玉下棋；一邊畫黛玉焚香撫琴，寶玉手持摺扇旁聽。畫面上下兩端，分繪牡丹、玉蘭、荷花、芙蓉等花卉，象徵四時花開不謝，青春常在。原圖是以木刻版畫印製在絲綾上，作爲刺繡之底樣。繡品中實屬罕見，可稱孤本絕品了。

肆、燈屏、窗畫

　　農曆正月十五日，是中國古代傳統的節日「元宵節」，又名「燈節」。因為唐代宵禁很嚴，「惟正月十五日夜，敕『金吾』馳禁前後各一日，以看燈」（唐・韋述《兩京新記》）。宋代沿襲唐朝民俗，製燈更精妙。「又有以絹燈剪寫詩詞，時寓譏笑，及畫人物，藏頭隱語，及舊京諢語，戲弄行人」（周密《武林舊事》）。文獻資料反映了中國遠在十二世紀時，燈屏上已有繪畫藝術，出現在杭州的南宋都城了。元代建都城於北京，名「大都」。在異族壓迫下，有一首反映當時百姓之苦的歌謠，牽掣到元代燈事：

　　　　奉使來時驚天動地，奉使去時烏天黑地；
　　　　官吏都歡天喜地，百姓卻啼天哭地。
　　　　官吏黑漆皮燈籠，奉使來時添一重。

　　明清兩代的燈畫，有的見於方志之書，有的原畫尚存於世。明初建都金陵（南京），恢復了宋代上元燈節熱鬧的情景。太祖朱元璋還夜出賞燈。當時燈品中，仍有「畫人物，藏頭隱語」的燈屏畫。有一盞燈上，畫著一幅仕女，懷中抱著一大西瓜，赤足而立。眾人圍觀不解其意，可巧朱元璋微行至燈下，看罷，恍然大悟，暗道「此謂淮西婦人好大脚也。」蓋因馬皇后淮西人，農家婦女出身。民間好事者畫此作燈謎，結果懸燈之家，皆遭殺戮（見許禎卿《剪勝野聞》）。朱棣起兵奪其侄之皇位，遷都北京，是為永樂帝。上元日，燈市設在東華門外，今「燈市口」舊名仍存。清代燈市南移到正陽門外，所以前門外廊房胡同，過去是繪製燈扇作坊和畫店的集中場地。清代上元燈景勝過前朝。宗彝《道咸以來朝野雜記》載：「十五日，上元節，市廛訂燈之期，正陽門外大街各肆皆爭掛新燈。內城如西單牌樓、東安門大街、東四牌樓、地安門外鼓樓之前，各鋪戶皆爭奇懸掛全部繪圖燈。如全部《三國》、《西遊記》、《水滸傳》、《聊齋》、《綠牡丹》諸說部。」但沒提到有繪《紅樓夢》故事的燈畫。長白奉寬字仲嚴，任職中央研究院。曾於民國初年，收集到徐白齋所繪昆弋戲齣燈畫和《紅樓夢》題材者，存亡不知。這裡八幅是絹本，尺幅較小，僅收到十六幀，且多殘毀。它

不同於懸掛在大街店肆門外者，很像上元或除夕節日裡，富商或豪門家庭懸掛在內室之物。除此十餘幅外，並未再得。今選其中破損不大，繪工較精，而人物不多，望之便知其故事者，以見畫工構思創作之技藝。

　　嘉慶二十四年（1819 年），江蘇蘇州人張子秋，號「學秋氏」，旅居北京多年，感旅館之風淒，舊遊之星散，絮舞心頭，若有激揚，信筆而書，「或寫閭閻之狀，或操市井之談，或抒過眼之繁華」。所作竹枝詞中，有：「紅樓夢已續全完，條幅齊紈畫蔓延。試看熱車窗子上，湘雲猶是醉憨眠。」一首詠北京當時流行《紅樓夢》題材繪畫的實況。詞中一方面反映了嘉慶初，《紅樓夢》足本的小說，已刊版流通京都，同時軸畫、團扇皆繪紅樓人物故事。甚至熱車玻璃窗上，都有「醉眠芍藥」的湘雲故事畫。所謂「熱車」，是過去北京交通工具中，有轎輿、有獨輪車、轎車、馬車及驢、馬等，後來始有人力車、洋馬四輪車、電車、汽車……。熱車即轎車。北方多天奇寒，夏天風沙撲面。有的在車廂上，以布或綢緞及木料，支架一穹形的方障，外形如轎，前有布帘作門，左右及後面，開方孔鑲嵌玻璃作窗，以透光亮入內。人趺坐其中，可向外窺街景。車前兩轅，以一騾或二騾挽行，故又名「騾車」，有時以驢或馬駕轅。但王府貴戚之家，都用高大騾車。夏天轎車圍以單層縫製者，冬天則以棉絮夾入雙層錦緞中，以防風寒。轎車內還放一銅質炭火手爐以取煖。熱車之名，即由此而來。熱車上窗子的玻璃，最早是用雲母石片粘接成一方形，以布或紙包邊，縫嵌在窗口上。自從外國傳教士帶來玻璃畫，曾在宮廷中出現後，民間始用國畫顏料在玻璃上作畫。今選車窗玻璃畫兩圖於後。

95.賈母惜孤女

（清代・北京燈屏畫）
手繪絹本 29.5×10 厘米

216

　　林如海名海，姑蘇人，探花出身，官至蘭臺寺大夫(御史)。林娶妻賈敏，史太君所生，與賈赦、賈政爲同胞兄妹。膝下一女，名黛玉。數年之後，賈敏病故，林如海無意續娶妻室，又恐女兒無人撫養，乃託賈雨村送女兒進京，依傍外祖母史太君賈府教養。林黛玉原不忍離開故鄉別父遠去，奈何外祖母憐惜黛玉母亡多病，年紀既小，又無兄弟姐妹，不如來到身邊，依傍舅父母及衆姐妹好有人照顧。只得離開父親，隨著奶娘及榮府來迎接的老婦登舟而去。不日來到了都城，已有榮府的車轎等候。待到了賈府見到外祖母後，正要下拜，被賈母抱往懷中，二人淚如雨下。圖寫黛玉拜見外祖母，熙鳳立於賈母椅後。

96.一進榮國府

（清代·北京燈屏畫）
手繪絹本 29.5×10 厘米

218

　　京城郊區有一劉老老，早寡，女婿祖上曾和金陵王家連過同宗，做過一個小小京官。老老因年老孤身，就被女婿接到家中，做些農家活，照料外孫兒、外孫女。這年天氣不正常，莊稼收成不好，入冬糧錢短缺，老老因和女婿口角，想起王家過去曾和賈府王夫人之父，認過一門遠族，遂帶著外孫「板兒」進城來到賈府，欲得王夫人一點恩賜，好挨過冬天。劉老老在賈府門外倖遇到王夫人陪房周瑞家，幾經周折，方得進入內府，又通過丫鬟平兒見到了鳳姐。劉老老忍恥啓齒，告難求助，終於得到了二十兩銀子，高興而歸。圖中廳堂廊下，王熙鳳坐在書案前，階下平兒正引劉老老入內拜見場面。

97.椿齡畫薔字

（清代・北京燈屏畫）

手繪絹本 29.5×10 厘米

　　圖寫一太湖山石，峭拔陋透，聳立於畫面之右，石旁竹編花籬，籬上纏枝花葉滿架。上有芭蕉待雨，下有綠草臨水。賈寶玉手扶籬門，低頭注視太湖石後的齡官。齡官頭梳高髻螺髮，上簪珠翠頭花，身穿嫩綠色無袖長式比甲，橙色花襖，素白羅裙。手捉一支金簪，蹲於地上在以簪畫字。寶玉立久，方知齡官在寫一「薔」字，邊寫邊想，而不知雨落滿身，故事詳見第三十回「椿齡畫薔痴及局外」一節及前圖說明。

按：楊靜亭《都門雜記》載，道光年間，都下珍寶、服物、百貨俱備。燈扇鋪有文盛齋，在廊房頭條胡同路南。冬賣畫燈，夏賣扇。這類燈屏畫，即以往前門外廊房胡同之產品。

98.查詢蔣玉函

（清代‧北京燈屏畫）

手繪絹本 29.5×10 厘米

　　忠順王府有一唱小旦的琪官（蔣玉函），因應馮紫英府上酒會，得與賈寶玉相識；二人相慕，還互贈了玉墜和香羅帶爲結交之禮。這天忠順王派來一府官，要見賈政。賈政一面想素與忠順府無來往，一面將府官請進，奉茶敍話。府官説：我們府裡有一作小旦的,如今三五日不見回府。到處去查詢，傳云琪官和貴府寶玉相交甚厚，下官特來帶他回去。賈政聽罷又驚又氣，即命寶玉出來問話。寶玉實説：琪官並未在園内。府官追問琪官的茜羅香帶，爲何到了公子腰上？寶玉只好把蔣玉函在東郊買房置地之事説出，並教府官去紫檀堡查找。圖中寶玉在對答府官問話，賈政陪坐一旁。故事詳見《紅樓夢》第三十三回。

99.樂遊大觀園

（清代・北京燈屏畫）

手繪絹本 29.5×10 厘米

這年風調雨順，五穀豐收，京城東郊劉老老想起賈府王夫人惜老憐貧，鳳姑娘又不嫌貧厭老，又帶了板兒和一些瓜果菜蔬等野意，來到榮府探望，以表謝意。不意賈母得知老老是由鄉下來見二奶奶的，投了賈母之緣，留下老老，閑作解悶。劉老老在大觀園裡，笑話百出，飯後就給賈母説村裡的稀奇古怪事兒。又編造了不少故事，使寶玉信以爲眞，派焙茗跑到村裡去找廟裡的女神。史太君還設宴大觀園，劉老老酒後誤入怡紅院等等，鬧出不少笑話。圖寫劉老老頭戴軟帽，穿藍衣，腰繫裙裳，旁一頭梳蚌珠髻的少女，袖手而立。一簪花梳髻，身披粉色羅衣的婦女，手指老老，描繪了豐兒帶了老老遊大觀園之一景。

225

100.品茶櫳翠庵

（清代·北京燈屏畫）

手繪絹本 29.5×10 厘米

圖中畫女尼妙玉，頭梳螺髻，上覆綠色平冠，內穿米黃長袖羅衣，外罩長式綠色比甲，腰繫一丹色絲縧。手執仙拂立於庭園之中。旁有賈寶玉，頂綰髮，紮以藍巾，金箍束髻，穿一孔雀藍色長比甲，內套荷色衣褲，下露綠頭薄底便鞋。面向妙玉，似在喃喃對話。前有峻石蒼蒼，秋草叢生，後有竹木欄杆，梧桐遮天。故事描寫賈母帶著劉老老遊賞大觀園，來到了櫳翠庵，妙玉相迎。隨後妙玉將寶釵、黛玉引至耳房，寶玉悄悄跟了進來，三人吃了「體己茶」後，衆人都要離去。因妙玉要把劉老老用過的茶盅扔掉，寶玉留步和妙玉說：「不如送給老老換了錢也可度日。」妙玉聽了，想了一想，就答應了。

101.二次入家塾

（清代・北京燈屏畫）

手繪絹本 29.5×10 厘米

賈政與王夫人閑話，說起了寶玉，賈政認爲這孩子天天放在園裡，也不是事，不如仍舊叫他去家塾中去讀書。王夫人以爲賈政說的很是。就把寶玉叫了過來，要他當日把應讀的書籍收拾好，明天送到家塾賈代儒師傅那裡去就學。寶玉入學後，第二天下晚，代儒以《論語・子罕》一章叫寶玉講解。寶玉把原文讀過一遍，說：「這章是聖人勉勵後生，教他及時努力，不要弄到老大無成。」說罷看著代儒。代儒道：「也還罷了。」故小說此回標作「老學究講義警頑心。」圖中賈代儒衣帽整齊，手捻長髯，端坐在靠背椅上。旁爲賈寶玉，戴紅纓冠，在解說「後生可畏」的旨意。

229

102.鳳姐嫁彩雲

（清代・北京燈屏畫）
手繪絹本 29.5×10 厘米

　　王夫人的丫鬟彩霞(又作彩雲)，人品俊美，不會欺弱怕強，素日只有她和賈環合的上來，還私贈茯苓霜給賈環；出事後，挺身而出，自甘受罰。一日，林之孝管家來到賈璉書房敘話，提到近年來人口太多，口糧月錢增加，況且裡頭女孩子們一半都大了，也該配人的配人，成了房，豈不又滋生出些人來。賈璉聽罷，想起了來旺的兒子要王夫人房裡的彩霞。後來鳳姐作媒，儘管彩霞與賈環有舊，又知來旺之子吃酒賭錢，無所不至，如若成婚，終身為患，心中懊惱。但彩霞之母以鳳姐作媒，不得不答應。圖中畫几案瓶扇，筆筒文卷，王夫人袖手坐在椅上，鳳姐作陪。彩霞無可奈何步下石階，面帶愁容而去。

103.不問累金鳳

（清代‧北京車窗畫）
彩繪玻璃 11.5×15 厘米

迎春乳母與廚房柳家媳婦之妹、林之孝的兩姨親家聚賭，鬥牌擲骰，並有賭輸打架之事。乳母因放款取利，偷將迎春的攢珠累金鳳偷了出去，典換了銀錢。此事被發覺後，邢夫人聞知迎春奶母所爲，來到了迎春屋內，對迎春道：「你這麼大了，你那奶媽子行事如此，你也不說說他。」迎春回答：「我說他兩次，他不聽，因他是我媽媽，只有他說我的，沒有我說他的。」後因王熙鳳和丫頭來報事，邢夫人才離開了迎春院內。故事詳見第七十三回「懦小姐不問累金鳳」。圖中窗牖開敞，芭蕉舒綠，花木放香。窗下一雕花長桌，桌上一碗，一部《道德經》，邢夫人和迎春正在問答累金鳳之事。

104.誤拾繡春囊

（清代・北京車窗畫）

彩繪玻璃 11.5×15 厘米

　　圖繪曲折遊廊，環繞院落，前有朱柱低欄，後爲粉壁花窗。窗外花樹紅綠交映，如一幅折枝花卉圖。碧草庭中，一上身穿紅色繡衣，下繫羅裙，手拿紈扇的夫人，面對一穿藍色布衣，腰紮圍裙的丫頭，舒指向後。描寫了痴丫頭在山石後掏促織，拾得了一個五彩繡春囊，見到繡著的是兩個人赤裸裸地相抱，心裡打量著「敢是兩個妖精打架?」左右猜解不出來。正要拿去給賈母看，忽見邢夫人在前，便笑道:「眞是個愛巴物兒，太太瞧一瞧。」就送給邢夫人看。邢夫人接過一看，嚇得連忙緊緊攥住，對痴丫頭說:「快別告訴人，這不是好東西，連你也要打死，以後再別提了。」邢夫人見有人在，便塞在袖裡走了。

伍、繡像、畫譜

「繡像」是指藝人用絲絨繡出的圖像。最早是以繡佛像而得名。南北朝時梁‧沈約《繡像題讚序》:「樂林寺主比丘尼釋寶，願造繡無量壽尊像一軀。」又《法苑珠林》載:「唐顯慶（656〜661 年）之際，於西京造二十餘寺，爰敕內宮式模遺影，造繡像一格，舉高十有二丈，驚目駭聽，絕後光前。」得知佛教傳入中土後，不僅擴大了中國美術領域中的壁畫題材，而且也推動中國刺繡工藝美術的發展。唐代的繡像藝術已很普及。詩人杜甫〈飲中八仙歌〉就有:「蘇晉長齋繡佛前，醉中往往愛逃禪」句，謂吏部侍郎好酒敬佛。遺憾的是:唐代繡像遺存下來不多，過去甘肅敦煌石室的大量佛教文物，其中包括珍貴的繡像，都被英國斯坦因（Stein Aurel）從敦煌盜走。繡像空留此一名詞。

明代，我國通俗小說和戲曲文學繁盛，坊間所刻的此類書冊，卷首常冠以書中主要人物的圖像，以加強讀者對書中人物的衣裝相貌，忠奸品類之印象。因這類圖像是用線條鉤勒，木版雕刻，繪刻都很精細，故稱「繡梓」或名「繡像」。如《繡像三國志通俗演義》，若是根據戲曲或小說故事情節，一一附圖的，則稱「全相」。如《新編全相說唱足本花關索出身傳》等。《紅樓夢》小說成書後，先以抄本行世，未聞有圖像附前。到了乾隆五十六年(1797 年)，萃文書屋以木活字排印本出現。封面始有《繡像紅樓夢》書名題字，扉頁則題「新鐫全部繡像紅樓夢」。其中刻有:石頭、寶玉、賈氏宗祠、史太君、女樂等共二十四頁。因此書卷首有程偉元序，故初版稱「程甲本」，修訂後再版者，稱「程乙本」。程序附圖的《新鐫全部繡像紅樓夢》一書，1977 年 4 月，臺灣廣文書局作爲「紅樓夢叢書」之一種，影印精裝出版，世稱「程丙本」。據紅學專家考證，原書爲臺灣胡天獵先生藏，線裝影印，署青石山莊影印。繡像三十四幅，前圖後讚，次目錄。乃程甲本和程乙本的舊版拼湊排印而來，並非捨程甲、乙二本而新排印者。因此書之附圖尚存，隨時可見。今選道光十二年（1832 年）洞庭王希廉評巾箱本八圖，原刻凡圖六十四幅，每幅一頁前半刻人物圖像，後繪花卉，人物像旁，題刻《西廂記》詞句一，別開生面。

「畫譜」之名，始自宋徽宗（趙佶）時，將內庭所藏傳統繪畫，按其畫體分道釋、人物、宮室、蕃族、龍魚、山水……十門，載畫六

千三百九十六軸，前有宋徽宗御製序，成書凡二十卷，題名《宣和畫譜》。由此大凡輯錄名畫或專論畫法之書，以及摹繪畫家成法或作為範本者，皆稱「畫譜」。如南宋・宋伯仁編的《梅花喜神譜》，明代《唐解元倣古今畫譜》，清代王概編的《芥子園畫譜》等，都是以木版雕圖印製而成。清末，上海徐家匯土山灣天主教堂首以石印方法，印製宗教宣傳品後，始有《點石齋畫報》在上海創刊。畫家吳友如為主筆。此後又有了石印本《飛影閣畫冊》、《古今名人畫譜》、《吳友如畫寶》、《沙山春人物畫譜》、《畫譜采新》、《錢吉生畫譜》等等，漸漸奪去了中國傳統木版刻印畫譜的園地。當時中國畫壇上，重視為官或文人能書、會詩的畫家，對繼承中國道釋人物傳統的畫家，社會上的人士評價不高。可是名流畫家既不能畫《紅樓夢》人物故事，也不肯去為通俗小說作繡像插圖。倒是那些不被畫史讚揚的，如吳嘉猷（友如）、潘振鏞（雅聲）、周權（暮橋）以及王釗、錢慧安（吉生）、李菊儕等，卻為《紅樓夢》人物作圖畫像，石印出來，為「紅學」家研究事業，增添了形象資料。

　　本圖冊所選石印本《紅樓夢》人物圖畫，皆是出自上海各印書局和畫報館的出版物。有潘雅聲的作品，出自光緒十四年(1888年)，《畫譜采新》圖冊。潘雅聲，名振鏞(1852～1921)，山水花木、人物鈎勒皆精，而畫績所見不多，惟繪製的紅樓人物諸圖，可見其藝術造詣水平。又有陸鵬者，風格近似潘雅聲，今收其《瀟湘清韻》一圖。沙山春(1831～1911)名馥，蘇州人。張鳴珂《寒松閣談藝瑣錄》稱：「沙山春畫學甚深，筆致妍秀，所作人物、花卉無不精妙。」圖選光緒十六年(1890年)《沙山春人物畫譜》中的「黛玉葬花」一幅。吳友如名嘉猷，江蘇元和（今吳縣）人，幼年家貧，性喜繪畫，勤學苦練，自成一家，曾為蘇州桃花塢年畫作坊出稿作畫。一度應徵至北京，為宮廷繪製《紫光閣功臣繪像贊》。光緒十九年（1893年）創刊《飛影閣畫冊》，約四年後（1897年）逝世。圖選宣統元年（1909年）林承緒作序的《吳友如畫寶》中，「金陵十二釵」中六圖。周權字暮橋，蘇州人，傳為吳友如學生，嘗為《點石齋畫報》、《飛影閣畫冊》作畫。蘇州桃花塢年畫作坊存有他的時裝美人畫樣。也曾為上海月份牌畫、香煙牌子作畫。

239

除後人爲他刊印《大雅樓畫寶》四冊行世外，還有一幅彩印《瀟湘館悲題五美吟》月份牌畫。圖中六幅「金陵十二釵」人物，選自光緒二十一年（1895年）《飛影閣士記畫冊》。錢慧安（1833～1911）字吉生，又號清谿樵子，江蘇寶山（今上海）人。楊逸《海上墨林》謂：「錢慧安又名貴昌，幼從事於丹青，善工筆畫，以人物仕女爲專長，間作花卉、山水，均能自出機杼，不落前人窠臼。畫名久著，時下風行。」錢慧安曾爲天津文美齋作《七十二候畫箋》和楊柳青愛竹齋年畫作坊繪製年畫稿樣，而《紅樓夢》題材的尤多。圖選《錢吉生人物畫譜》中四圖。沈心海（1856～1941）名兆涵，爲錢慧安弟子之一。鄭逸梅《藝壇百影》一書中稱：「錢慧安弟子很多，如曹蟠根、陸子萬、沈心海等，尤其沈心海更是繼承人中的代表。心海名兆涵，別署知還軒主，上海人，1856年生，1941年故世，壽年八十有六。他晚年所作人物仕女，猶具勁遒秀逸之妙。」《海上名人畫譜》僅有《瀟湘清韻》一圖，堪稱代表作，今收入本圖錄中。

105.妙玉

（清代・北京繡像插圖）

木刻墨線版印 14×15.5 厘米

　　妙玉的師父是蘇州玄墓蟠桃寺女尼，
精演先天神數，後來功滿圓寂於京都，妙
玉既出家爲尼，當然受他師父傳授衣鉢。
所以圖中妙玉頭未剃度，上戴一道冠，身
穿寬領大袖袍，長褲拖地，腰中繫一絲縧。
手中執一拂塵，彷彿傳統人物神仙畫中之
道姑模樣。圖配「眞假」《西廂記》的一句。
蓋指邢岫烟曾謂妙玉「僧不僧，俗不俗，
女不女，男不男」，故標此「眞假」一詞。
圖左，畫水仙一株，以白描手法細勾而成，
葉長花香，清高淡雅，象徵妙玉之品格。
按＜天隱子＞：「在天爲天仙，在地爲地仙，
在水爲水仙；能通變之曰神仙。」繪畫中嘗
畫水仙與壽山石，題作「群仙祝壽」，故民
間以水仙爲祥瑞花卉。

243

106.李紈

（清代・北京繡像插圖）

木刻墨線版印　14×15.5厘米

244

　　李紈字宮裁，金陵名宦之女，父名李守中，曾爲國子祭酒。因李守中以「女子無才便是德」爲古訓，故生下此女後，不曾教她深讀書，只讀《女四書》、《列女傳》而已，卻以紡績女紅爲要，因取名李紈，字宮裁。後嫁於賈府中之賈珠，珠雖夭亡，幸存一子，取名賈蘭。圖右之李紈，頭綰高髻，身穿衣裙，腰懸玉佩，袖手回身，神情自若。左畫一枝梨花，花開五出，色潔無染，枝葉叢生，隨風而舞。按《格物叢話》謂：「春二三月百花開盡，始見梨花，靚艷寒香，自甘寂寞。」又白居易詩：「最似嬬閨少年婦，白妝素袖碧紗裙」以比梨花。此圖配以「穿一套縞素衣裳」和一枝梨花來比喻李紈，十分恰當。

107.李綺

木刻墨線版印 14×15.5 厘米

　　李綺是李紈寡嬸的二女兒。因鳳姐之兄王仁進京，至半路泊船時，遇到李綺和姐姐李紋隨母親也上京，遂一同來到賈府。賈母、王夫人素喜李紈賢惠，年輕守節，令人敬服，今見她寡嬸和兩個侄女隨王仁同道而來，便不肯讓他們到外邊去住，那嬸母雖然不肯，但賈母執意不從，只好就在李紈的稻香村住下了。這時大觀園又增多了兩個女孩子。李綺後來經王夫人作媒，嫁給了江南甄府裡的哥兒甄寶玉。圖右，李綺頭頂綰髻，身著衣裙，雙袖交搭於前。舉步邁進而頭顧後，身姿修美，動勢如生。圖左一叢蘭草，花葉用雙勾畫法。筆姿恭謹，花葉自分，莖根不亂，料是畫工中高手之作。

108.佩鳳

（清代・北京繡像插圖）

木刻墨線版印 14×15.5 厘米

　　圖右，佩鳳鴨蛋臉兒，細眉鳳眼，袖手相疊，身姿纖柔，如侍立於廳堂之下。佩鳳是賈珍的兩妾之一，善吹簫。中秋夜晚，賈珍令人煮豬燒羊，在匯芳園叢綠堂中擺了一桌酒席，開懷作樂賞月。將近一更時分，月朗風清，銀河微隱，賈珍已有幾分酒意，高興起來，命人取來一支紫簫，使佩鳳吹奏，文花唱曲，喉清韻雅，令人心動神移。從此一情節中，得悉佩鳳是屬按譜吹奏的姬妾。圖左畫一露根鳳仙，花開葉茂，時已入夏。按：鄒一桂《小山畫譜》謂：鳳仙「草本，高一尺三，葉對節尖長，鋸齒，花生葉間，蕊如鳳首，花開兩瓣如鳳翼，心二，其一即結子者也。色紅、紫、粉紅。」圖中鳳仙，如寫生而來。

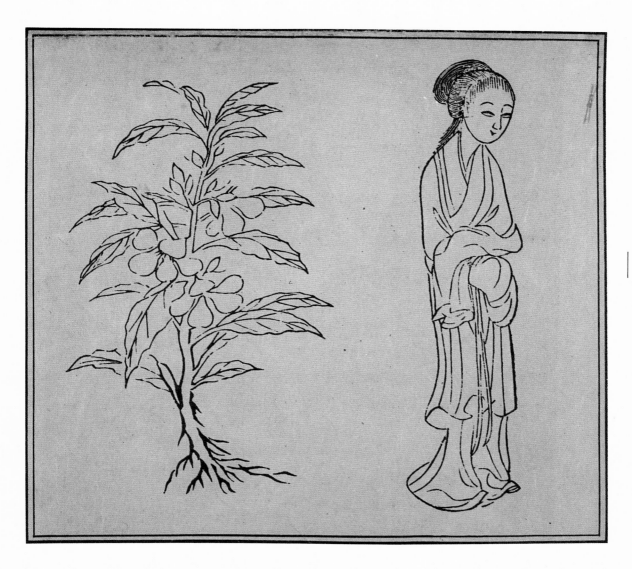

249

109.尤二姐

（清代·北京繡像插圖）

木刻墨線版印 14×15.5 厘米

250

　　賈珍妻尤氏之庶母，攜女尤二姐、三姐因助賈府喪事，住寧國府中。一日，賴向榮家宴，請賈府諸人，賈珍、尤氏及尤二姐、三姐同往。賈璉見尤氏姐妹在座，心中竊喜，因賈璉早已垂涎二姐、三姐，只因三姐性烈，不敢動手，故先與尤二姐調笑。是日賈璉乘機哄騙二姐，暗贈九龍玉佩，後私娶爲妾，賃租花枝巷作外室以居之。尤二姐懷孕，被賈璉之妻王熙鳳聞知，大怒，但又假意親善，往花枝巷接二姐到賈府裡住，以便用計害死尤二姐；二姐臨產，王熙鳳故使秋桐毆辱二姐，又教人去找張華（二姐幼時許婚給張華）興訟，藉以羞逼二姐。尤二姐終於吞金自盡。圖中尤二姐手玩玉佩，旁有一枝桃花作比喻。

110.齡官

（清代・北京繡像插圖）

木刻墨線版印 14×15.5 厘米

　　齡官是從姑蘇買來的十二個學戲的女孩之一，到賈府後，居於大觀園梨香院中，飾演小旦角色。齡官個性頗強，既自尊，又痴情。對主子不奉迎，對命運也不屈從。賈元春（貴妃）回家省親，齡官演出一折戲後，賈妃以爲齡官極好，命再做兩齣戲，不拘那齣並賞賜齡官。賈薔是管戲臺演出節目的。因命齡官做「遊園」「驚夢」兩齣，齡官不肯。因杜麗娘非本角色之戲，堅決不從，定要演《釵釧記》裡的「相約」「相罵」二齣。演出後，元妃又額外賜以宮綢、荷包、金銀之類。圖右，齡官頭梳偏髻，穿褶子繫裙。手持金簪蹲在地上畫「薔」字。圖左一枝孩而蓮，配以「隔花人遠天涯近」一句。

111.平兒

（清代·北京繡像插圖）

木刻墨線版印 14×15.5 厘米

254

　　《紅樓夢》木刻插圖人物畫中，畫小姐或丫鬟掩面哭泣者，並不多見，年畫中更是絕無。此幅繡像插圖中的平兒，衣裝不整，胸襟敞開，垂髮一綹搭肩下。愁眉淚眼，掩面悲啼之表情，如聞其哭聲。平兒面前，畫夾竹桃一枝。此圖取《西廂記》詞句：「好教我左右作人難」。切合平兒因賈璉和鮑二家私通，王熙鳳吃醋，挨了王熙鳳幾巴掌的故事情節。原來王熙鳳生日，在席上多飲了幾盅酒，欲回屋躺一會兒，見一丫頭爲賈璉觀風，審知賈璉在屋中私會，鳳姐又在窗外聽到賈璉說：「如今連平兒他也不叫我沾一沾了；平兒也是一肚子委屈，不敢說……。」鳳姐聽了疑心平兒背後有怨言，所以氣得哭了起來。

112.翠縷

（清代·北京繡像插圖）

木刻墨線版印 14×15.5 厘米

256

　　圖右，翠縷頭梳「喜鵲尾巴」髮型（爲當時京都時興的婦女頭樣），身穿長袖上衣，繫一寬腰長裙，面對一株翠梅。配《西廂記》「和小姐閑窮究」詞一句。蓋因《紅樓夢》第三十一回裡，史湘雲回家月餘，又回到賈母這邊來。時節天氣已熱，賈母教湘雲喝了茶歇歇，去到大觀園和姐姐們逛逛，園裡也涼快。湘雲便和翠縷去到怡紅院找襲人。翠縷因見荷花尚未開放，問湘雲原因，由此二人論起陰陽之理。湘雲謂：天下萬物皆有陰陽。翠縷問到湘雲佩帶的金麒麟，是否也有陰陽？湘雲以雌爲陰，牡爲陽回答。翠縷又問：人有没有陰陽呢？湘雲沈下臉不答。翠縷説：我知道了，姑娘是陽，我是陰。湘雲掩嘴笑了。

113.林黛玉

（清代‧上海畫冊）

石印粉紙 24×20 厘米

258

　　圖中林黛玉削肩細腰，修長身材，雙手支撐花鋤，清癯如弱不勝衣，獨立在溪坡草地上。兩邊桃葉滿樹，枝上桃花灑地或隨風落入清溪，逐流水而逝去。時光正當花落絮飛季節，黛玉觸景傷情，如側頭在深思苦索，春歸何處，自身歸宿？上題〈枉凝眉〉仙曲一首：「一個是閬苑仙葩，一個是美玉無瑕。若說沒奇緣，今生偏又遇著他；若說有奇緣，如何心事終虛化？一個枉自嗟呀，一個空勞牽掛。一個是水中月，一個是水中花。想眼中能有多少淚珠兒，怎經得秋流到冬盡，春流到夏！」曲詞從寶玉、黛玉愛情若離若即，終於破滅。表現出林黛玉爲愛情和他的處境，淚盡氣絕而亡的悲劇，以及寶玉黛玉之間，相愛無間的眞情。

黛玉

枉凝眉一個是閬苑
仙苑一個是美玉無
瑕若說沒奇緣今
生偏又遇著他若
說有奇緣如何心
事終虛話一個枉
自嗟呀一個空勞
牽掛一個是水中月
一個是鏡中花想眼
中能有多少淚珠兒
怎經得秋流到冬盡
春流到夏

259

114.薛寶釵

（清代 · 上海畫冊）
石印粉紙 24×20 厘米

寶玉飲酒於太虛，警幻仙姑叫十二個
舞女演唱《紅樓夢》十二支。除「引子」
外，第一首《終身誤》，即屬寶釵。曲詞如
圖上所書：「都道是金玉良緣，俺只念木石
前盟。空對著，山中高士晶瑩雪；終不忘
世外仙姝寂寞林。嘆人間，美中不足今方
信；縱然是齊眉舉案，到底意難平。」可知
寶釵是《紅樓夢》「金陵十二釵」中，首推
第一的美人。曲中唱出了寶玉雖然和寶釵
最後結婚，但他未忘林黛玉寂寞孤身；寶
釵賢慧如漢代孟光，而寶玉心念黛玉意未
平。原因是寶玉前生是神瑛侍者，黛玉是
靈河岸上的絳珠草，曾受神瑛侍者以甘露
灌溉之情，所以寶釵婚後生活冷落不幸。
圖寫寶釵在滴翠亭前曲橋上，舉扇撲蝶之
美姿。

260

寶釵

115.賈元春

（清代・上海畫冊）

石印粉紙 24×20 厘米

262

元春既被送入宮中，身爲貴妃，畫家們在塑造元春的形象時，皆作古裝，和歷史小說插圖中的后妃相似。作者周權，字暮橋，江蘇吳縣人，擅長人物，早年在蘇州年畫店出稿賣畫，後到上海爲點石齋、飛影閣石印畫冊作畫。故爾所作之元春及《紅樓夢》人物，皆有蘇州年畫味道。圖中元春，身穿后妃裙裳，下繫挺帶外露，袖搭錦色披帛。左右有宮女二人，一手托牙笏，一擎障扇，三人步行於殿前平基上，彷彿上朝奏事。因元春初入宮中作「女史」（女官名，以有文才知識女子充任，掌管有關王后禮儀的典籍），後晉升爲「尚書」（分掌政務的部長，如禮部尚書、戶部尚書）。故宮娥中有一托笏板者。

元春

116.賈探春

（清代・上海畫冊）
石印粉紙 24×20 厘米

264

探春為「金陵十二釵」之一。在賈府中處理家道漸衰的局面，不營私舞弊，不貪污弄權，品德勝過鳳姐。但因生母趙姨娘無事生非，使探春在姐妹之中，丫頭面前，遭受壓力沈重。後文描寫，探春命運更可嘆！他嫁給了一個離家三千里，遠離故土，竟一去不復返的作官家。恰如〈分骨肉〉曲中唱詞：「一帆風雨路三千，把骨肉家園，齊來拋閃。恐哭損殘年。告爹娘，休把兒懸念，自古窮通皆有定，離合豈無緣？從今分兩地，各自保平安。奴去也，莫牽連。」圖中畫探春手拿紈扇，雙袖相抱，竚立於碧梧之下。前有清流，岸旁荻蘆雜生，後有翠竹搖風，青石探水。遠處一排筆管式護水低欄，通向荇葉渚，描繪了秋爽齋之外景。

探春

[分骨肉] 一帆風雨路三
千把骨肉家園齊來
拋閃恐哭損殘年告
爹娘休把兒懸念自
古窮通皆有定離合
豈無緣從今分兩地各
自保平安奴去也莫牽
連

周權芳畫

265

117.史湘雲

（清代‧上海畫冊）
石印粉紙 24×20 厘米

史太君內侄孫史湘雲，自幼喪失父母，未能得到雙親之愛，雖然她生在富貴豪門之家，但未過嬌生慣養的日子。所以性格開朗，豁達磊落，不曾把兒女私情常掛懷中。大觀園中的女兒格調不一，但命運卻相差不多，湘雲的一生，如圖上〈樂中悲〉曲詞：「襁褓中，父母嘆雙亡。縱居那綺羅叢，誰知嬌養？幸生來，英豪闊大寬宏量，從未將兒女私情略縈心上。好一似，霽月風光耀玉堂。廝配得才貌仙郎，博得個地久天長。准折得幼年時坎坷形狀。終久是雲散高唐，水涸湘江：這是塵寰中消長數應當，何必枉悲傷？」圖寫芍藥叢中花開將謝，湘雲醉橫青石榻上，枕肘而眠。花後峭石遮風，長橋臥水，畫出了一幅美人春睡圖。

湘雲

〔樂中悲〕襁褓中父母歎雙亡，縱
居那綺羅叢誰知嬌養幸。
幸生來英豪闊大寬宏量，從未將兒
女私情略縈心上。好一似霽月光風
耀玉堂廝配得才貌仙郎博得
個地久天長准折得少年時坎
坷形狀終久是雲散高唐水涸
湘江這是塵寰中消長數應當
當月必糾悲傷

茗齋寫

118.妙玉

（清代・上海畫冊）
石印粉紙 24×20 厘米

　　此圖中的妙玉，髮型如妙常髻，上覆雲頭巾幘，垂長絲縧，身穿衲衣坎肩，下繫素裙，手中握一仙拂，背身負手，漫步於殿前石欄上。遠處閑雲流動，紅梅欲綻，表現出妙玉出家修道，看破世情，獨步於殿外，賞梅且以自況。圖上題太虛幻境裡，仙女唱曲〈世難容〉一闋：「氣質美如蘭，才華阜比仙。天生成孤癖人皆罕。你道是啖肉食腥膻，視綺羅俗厭；卻不知太高人愈妒，過潔世同嫌。可嘆這，青燈古殿人將老，辜負了，紅顏朱樓春色闌！到頭來，依舊是風塵骯髒違心願；好一似，無瑕白玉遭泥陷；又何須，王孫公子嘆無緣。」曲詞表明了妙玉潔身自愛，但過於孤高，遭人嫉妒，最後還是志與願違。（以上六釵作者周權）

妙玉

世難容氣質

美如蘭空才華

韻比仙天生成

孤癖人皆罕你道

嗔肉食腥膻視綺

羅俗厭可過了青燈古殿可憐王質

知好高人愈妒過潔世同嫌到頭來

人將來昭視質本潔淨

依舊是風塵骯髒落石隔王房

好一似無瑕白玉遭泥陷又何須王質

粉朱樓春雲易開到頭來

泪玉終久不分明

269

119.賈迎春

(清代·上海畫譜)

石印粉紙 24×20 厘米

　　賈府四姐妹中，迎春死的最早。「金陵十二釵正冊」上，畫一惡狼，兇猛可怖，在追撲一美女，欲一口吃掉。判詞：「子係中山狼，得志便猖狂；金閨花柳質，一載赴黃粱。」後又有仙女唱給賈寶玉聽的〈喜冤家〉一曲：「中山狼，無情獸。全不念當日根由。一味的，驕奢淫蕩貪歡媾。覷著那，侯門艷質同蒲柳；作踐的，公府千金似下流。嘆芳魂艷魄，一載蕩悠悠。」此曲點出了迎春嫁給的孫紹祖，本是投在賈門下的、得過賈家好處的孫家後代。只因賈赦欠了孫家五千兩銀子，將迎春出嫁，實際上賣身抵債。所以婚後竟成了遭人踐踏的蒲柳。一年後，命赴黃泉。圖中迎春面容憔悴，伏身窗前，在嘆春景不長！

120.賈惜春

（清代・上海畫譜）

石印粉紙 24×20 厘米

272

　　圖中惜春坐於籐面靠背椅上，手握筆管，肘壓絹素，在構思作畫。堂前竹簾高捲，簾外春意方濃。按：《紅樓夢》的美人中，彈琴者有林黛玉，下棋者有薛寶琴，妙玉的字體堪誇，擅長繪畫的有惜春，可謂琴棋書畫，四藝皆備了。惜春的命運是看破三位姐姐同樣可悲的下場，自己遁入了空門。正如〈虛花悟〉唱道：「將那三春看破，桃紅柳綠待如何？把這韶華打滅，覓那清淡天和。説什麼天上夭桃盛，雲中杏蕊多？到頭來，誰見把秋捱過？則看那，白楊村裡人鳴咽，青楓林下鬼吟哦。更兼著，連天衰草遮墳墓，這的是，昨貧今富人勞碌，春榮秋謝花折磨。似這般，生關死劫誰能躲？聞説道，西方寶樹喚婆娑，上結著長生果。」

121.王熙鳳

（清代・上海畫譜）

石印粉紙 24×20 厘米

274

　　賈寶玉翻看「薄命司」裡的《金陵十二釵正冊》中，有一幅畫的是一片冰山，上有一隻雌鳳。判詞寫道:「凡鳥偏從末世來，都知愛慕此生才；一從二令三人木，哭向金陵事更哀。」圖文隱喻王熙鳳是立足在權財勢的高峰上，無非是一片冰山，但爲時不久，禁不得陽光透射，自然化成烏有。雌鳳一隻，獨立冰山，象徵王熙鳳終是孤零零的命運而哭向金陵(故鄉)。圖中的王熙鳳紮髻於後，身穿長裘，欲跨門限進入內室。旁有丫鬟平兒，手挽繡幃立侍於左；後有頭梳高髻，手中捧一香盒的小丫頭，隨行而來。室內方磚鋪地，旁有博古長几一條，上擺水仙方盆，靈芝一尊；牡丹盆景居高，象徵鳳姐無上富貴。

122.賈巧姐

（清代・上海畫譜）

石印粉紙 24×20 厘米

「金陵十二釵」中，巧姐年齡最小，而且是晚輩，遭遇又慘。巧姐長大後，賈府已勢敗沒落，因骨肉相殘，聚賭騙財，巧姐竟被賈環勾結邢大舅、王仁等，賣給了外地的藩王，作為使喚的女人或偏房。巧姐知道此事，痛哭不已。怎奈賈璉不在家，邢夫人又已答應。正在這緊張時刻，劉老老來看巧姐。劉老老見巧姐如此傷心痛哭，又無計可施，就令人把巧姐用車偷出賈府，到了屯裡藏了起來。在曲詞裡，〈留餘慶〉一首，有「勸人生，濟困扶窮。休似俺那愛銀錢，忘骨肉的狠舅奸兄」詞句，即暗示此事。圖中巧姐頭紮雙髻，手舉紈扇在花間撲蝴蝶，天真可愛。樹石刻畫，頗有生機，反映了畫家精湛之技藝。

123.李紈

（清代・上海畫譜）

石印粉紙 24×20 厘米

賈政的長子賈珠，十四歲進學，不到二十歲娶李守中之女李紈爲妻，生下一子，起名叫賈蘭，一病身亡。李紈立志守節，撫育幼子，後居稻香村中。賈蘭長大讀書進取，考試中舉，爵祿高登。圖中李紈教子寫字。賈蘭站在象鼻腿方杌上，翹足伏案學寫字，李紈立後，把手在教。案上有水盂石硯，筆筒素紙及瓶爐書籍、折枝桂花等。遠處蓼蒲叢叢，鳧禽戲水，美景如稻香村。李紈是「金陵十二釵」之一。賈寶玉在看「正冊」時，上畫一盆蘭草，旁有一穿戴鳳冠霞帔的美人。判詞云：「桃李春風結子完，到頭誰是一盆蘭；如冰水好空相妬，枉與他人作笑談。」暗示李紈終因子得官，享受富貴，誥命加身。

124.秦可卿

（清代・上海畫譜）

石印粉紙 24×20 厘米

　　「金陵十二釵」中，秦可卿排最末位。賈寶玉在聽太虛幻境十二舞女演唱最後一曲，曲名〈好事終〉，即隱喻秦可卿含辱自盡。曲詞謂：「畫樑春盡落香塵。擅風情，秉月貌，便是敗家的根本。箕裘頹墮皆從敬，家事消亡首罪寧。宿孽總因情。」小説敍述秦可卿死於病，而「紅」學家從此曲中考證，以爲賈府敗壞，是從擅風月之情，賈敬放縱兒孫之過。賈珍無恥亂倫，導致可卿自縊身亡。所以焦大才罵出「爬灰的爬灰」髒字來，實有根據。圖中秦可卿斜坐長石條櫈上，旁置一籃鮮花。其時正當春暮，檽櫚葉青，牡丹花紅，可卿倚石，若有愧事。邊款題「光緒癸巳秋七月下澣寫於上海飛影閣，友如。」（以上六釵作者吳嘉猷）

125.滴翠亭寶釵撲蝶

（清代‧上海畫譜）

石印粉紙 17×19 厘米

寶釵因找黛玉在大觀園內賞花玩景，漫步前行。時節正是初夏，天氣漸熱，低頭忽見一雙蝴蝶飛舞在花叢裡，乃抽出扇子撲向草中，想撲來玩耍，蝴蝶飛東飛西，寶釵追來追去，追到池邊的滴翠亭前也未撲到一隻。圖寫晴空無雲，陽光明麗，花落葉繁，綠柳成蔭。薛寶釵手舉紈扇，步踏石橋上在追撲蝴蝶。旁有花樹垂楊，掩映滴翠亭之一角。描寫了《紅樓夢》第二十七回「滴翠亭楊妃戲彩蝶」故事中之情節。圖上作者署名：「秀水潘雅聲寫於春申浦」知潘振鏞爲浙江嘉興人，是圖作於光緒年間上海的寓所中。

昨宵風雨到溪頭
斷目飛紅逐水流
妬煞尋香蝶雙快
生花不知慈素水
潘雅權寫于
壺甲浦

283

126.瀟湘無語對鸚鵡

（清代・上海畫譜）

石印粉紙 18×18.5 厘米

　　此圖寫湖石一角，粉垣隱現，牆裡綠竹蕭疏，窗內林黛玉伏身坐靠背椅前，面對窗前架上之鸚鵡，默默無言。瀟湘館中琴聲已歇，香篝竹冷，床前瓶爐烟銷，圖書塵封已久。畫旁題詩：「翠竹蕭疏隱短垣，瀟湘庭院靜無喧；個中自有傷心語，鸚鵡前頭不敢言。」一首。表現了林黛玉寄居於榮國府大觀園內，寂寞空虛，消磨青春的傷心情緒。此圖作於清光緒十四年（1888年）作者潘振鏞。潘字雅聲，賣畫滬上，繪畫技巧嫻雅，但《海上墨林》及其它繪畫史書，不見其名，故生平事跡不詳。

翠竹蕭疎隱短垣瀟湘庭院靜無喧箇中自有
傷心語鸚鵡前頭不敢言　戊子秋月雅齋寫

127.碧梧秋思

（清代・上海畫譜）

石印粉紙 17×19 厘米

　　圖寫庭院寂然，風靜無聲。探春身著
繡衣，抱膝坐於石欄上，目不轉睛，若在
深思凝想，如何支撐賈府上下開銷之事。
庭中花木經霜，草色漸衰，蒼石生涼，梧
桐葉稀。描繪了大觀園中秋爽齋的景物之
一角。按：小説描述探春居處的秋爽齋，
位於大觀園的西部，其西北有藕香榭、蘆
雪庵。故圖中探春坐處爲石砌堤障，以示
池水通往藕香榭。秋爽齋院内正屋三間，
因探春性喜寬朗，不愛掩隔曲折之境地。
院前只有芭蕉幾棵，後有梧桐數株，與圖
中景象相似。大觀園建成後，元春奉旨歸
省父母時，曾爲秋爽齋題寫「桐剪秋風」
匾額，並命探春搬進大觀園居住於此。圖
中人物刻畫清俊，樹石蒼勁有力，作者潘
振鏞。

128.醉眠芍藥裀

（清代·上海畫譜）

石印粉紙 17×19厘米

故事說明見前「藥欄花韻」一圖。此圖畫湘雲以掌支頤，側身沈睡在一青石長櫈上，手拋輕扇，花落其旁。後有山石掩遮，花木扶疏，藥欄曲折，蝴蝶紛飛。山石空處，一丫鬟發現史姑娘正香夢方酣，回去喚來衆姑娘，待湘雲醒來，方知因高興而飲酒過量，自悔不已。圖上題句：「花影壓身香夢重，紅潮暈頰酒痕鮮，侍兒探望休驚醒，不是鴛鴦見亦憐。」作者潘雅聲（振鏞）。畫工筆法嚴謹，花木枝幹屈伸有致，庭石皴法以「披麻解索」法，挺拔奇峭，石版雕欄，以界尺畫線，平直而合乎透視。人物衣紋舒暢，尤其石洞後藏一小丫鬟，點出了湘雲醉眠於此，他人皆不知的故事環境。

花影壁身香夢重紅潮暈

頰酒痕鮮　侍兒探望休驚

醒不是鴛鴦見六慵　雅聲

129.瀟湘清韻

（清代·上海畫譜）

石印粉紙 16×19厘米

　　故事描寫了賈寶玉離怡紅院，漫步於大觀園，將近瀟湘館時，忽聞琴聲斷續隨風，如怨如述，遂漸漸停步靜聽，原來是林黛玉在撫琴悲傷，參見彩圖說明。圖中玉臺高砌，雕欄石冷，林黛玉坐一枯木根櫈上，雙手撫一五弦古琴，神情凝聚，不知寶玉伏倚石後，在靜聆其琴聲。石前翠竹數竿，秋草委地，水上曲橋靜無人跡，描畫出瀟湘故事的清幽境界。原圖繪刻於清光緒十二年(1886年)，作者陸鵬。陸鵬為上海年輕畫家，擅長人物。工筆山水，樓臺界畫，亦有其自己風格。畫人物善用鐵線描，形態挺拔精神。惜當時社會重視官宦文人畫家，對一般畫工筆人物者，多不收入畫史或文人筆記中，故生卒年代不詳。

130.黛玉葬花

（清代・上海畫譜）
石印粉紙 15×19.5厘米

　　黛玉葬花，是《紅樓夢》人物畫中常見的題材。因黛玉感人生之苦短，芳華易逝，每當春來不久，便悄然歸去；花開花落，猶如美人芳齡不能久駐。此圖作者沙馥。沙馥長洲（蘇州）人，字山春，所畫人物、花果、翎毛皆精妙，尤工仕女。顧祿《桐橋倚棹錄》載：「蘇州山塘畫鋪以沙氏爲最著，謂之『沙相』，所繪則有天官、三星、人物故事，以及山水、花草、翎毛；而畫美人爲尤工耳。」沙馥所畫仕女頗名一時，觀此圖，猶傳蘇州山塘「沙相」之遺韻。圖後有〈洞仙歌〉詠黛玉葬花詞一首：「無人庭院，嘆春歸如夢，滿地殘紅，玉階擁灑，……」詞長不錄。作詞者朱冠瀛，當是清末「紅學家」。

131.賈元春

（清代‧上海畫譜）

石印粉紙 16.5×15 厘米

294

　　賈政長女元春，因賢孝有才德，被選入禁中作女史，晉封爲鳳藻宮尚書。是《紅樓夢》小説中，「金陵十二釵」之一。元春在小説故事裡，以「榮國府歸省慶元宵」爲最榮華富貴之時光。但回宮後，如鳥入籠，不久仙逝。寶玉在和警幻仙姑聽曲時，有〈恨無常〉一首：「喜榮華正好，恨無常又到。眼睜睜，把萬事全抛。蕩悠悠，芳魂消耗。望家鄉，路遠山高。故向爹娘夢裡尋告：兒命已入黃泉，天倫啊，須要退步抽身早！」概要地勾畫出了元春一生短暫。圖寫元春背身而坐，兩宮娥侍立於旁，一宮女捧盤進花。玉砌雕欄外，古梅花開，奇石昂立，旁題「清谿樵子錢慧安」。錢慧安字吉生，寶山人，爲清末上海人物畫家。

俄見承恩香殿裏也應仙艷冠群芳
清 秋日 蕙子錢慧安㊞

132.瀟湘妃子葬花圖

（清代・上海畫譜）

石印粉紙 15.5×19.5厘米

　　圖寫林黛玉頭梳螺髻，項掛金鎖，穿圓領繡裳長裙，手扶花鋤，獨坐青石上，舉袖如掩口哭泣。黛玉身後，畫花木兩株，枝幹交錯有致，花葉點點稀疏。樹下低欄近水，溪邊水草葱葱。刻畫了黛玉孤身寄生於外祖母家中，每到春天，看到百花爭艷，但不久花落春歸。聯想到，大觀園中寶釵、湘雲、迎春、探春眾姐妹猶如春花一樣，同是不能花貌常存。因惜落花，痛感自己未來歸宿，故荷鋤來到花下，掃落花埋覆淨土中，聊以解憂。圖上題識：「瀟湘妃子葬花圖，撫新羅山人筆，清谿樵子錢慧安。」錢慧安爲晚清時人物畫家，賣畫上海，額署「雙管樓主」。

瀟湘妃子葵花圖
橅雍羅兩峰筆
清霖顧子銶
碧仙臨

297

133.品茶櫳翠

（清代・上海畫譜）

石印粉紙 15.5×19 厘米

　　畫翠柏當窗，蒼石臥地，窗內林黛玉坐在雕根扶手椅上與薛寶釵舉杯品茗。前有妙玉捧盞獻茶，寶玉拱手稱謝。旁有風爐煮水，古琴高掛。窗外碧草鋪地，松下一玉石方桌，上陳蒼朮陶盆，瓶盃古器。點綴出櫳翠庵境界高潔清幽，妙玉卓举不羣的人物與環境。圖左題「品茶櫳翠」和「仿新羅山人筆，清谿樵子錢慧安」等字樣。按：新羅山人爲清初畫家華嵒的別號，作畫重視寫生，人物形象多姿生動。錢慧安多宗其畫法，是爲晚清人物畫家中，最受歡迎的名家，故張鳴珂《寒松閣談藝瑣錄》稱錢慧安的作品：「名著一時，流傳最盛。」

134.瀟湘清韻

（清代・上海畫譜）

石印連史紙 20.5×15 厘米

　　林黛玉到了榮府後，選住在大觀園的瀟湘館中。因爲林黛玉「愛那兒幾竿竹子，隱著一道曲欄，比別處更覺得幽靜」。所以探春給黛玉起了個別號，叫「瀟湘妃子」。「瀟湘清韻」是紅樓人物繪畫中，常見的題材。此圖爲清末上海人物畫家沈心海作。畫林黛玉長眉細目，清瘦文雅，十指如笋，精神貫注地在撫琴調韻。室內無床榻繡幔，綺窗翠竹和黃金架上之鸚鵡等旁物，只畫一象鼻方足琴几，上鋪織金錦緞，下有雕鳳行雲瓷鼓，以備客座之物。琴几之另一端，設一古木根雕花臺，臺上置一爐鼎古器，檀香寶盒；摒去了牡丹或梅花等，少女閨閣中常設之瓶盆景物，益顯黛玉清高絕俗的孤傲個性。

瀟湘清韻
倣桃花
盦主筆
上海沈光洪
鐫

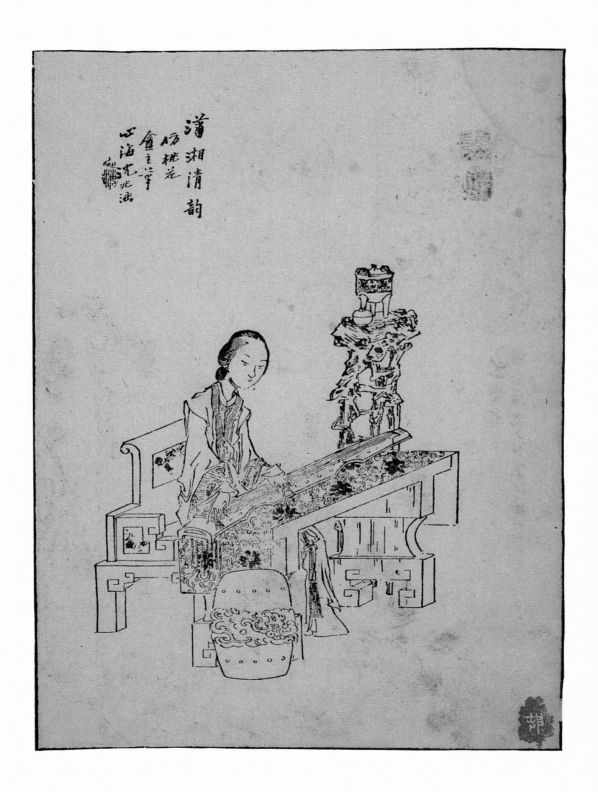

301

陸、連環畫冊

　　以繪畫藝術形式，輯集成《紅樓夢》人物圖冊的，有改琦作《紅樓夢圖詠》四卷，圖五十幅。光緒五年（1879 年）淮浦居士將其圖詠詩詞刊版刷印行世。按：改琦字伯藴，號七薌，別號玉壺外史，回族西域人，家松江（今上海）遂爲松江人，工書法，擅畫肖像，尤工仕女，落墨潔淨。改琦生於乾隆三十八年(1773 年)，卒於道光八年(1828 年)。《紅樓夢圖詠》約作於 1810 年左右，後翻刻本頗多，日本國亦有複製本，近年猶見影印者。此後，又有《增刻紅樓夢圖詠》，王墀繪圖，光緒八年（1882 年）上海點石齋石印出版。惟此圖冊如繡像，而無回目故事情節。光緒十四年（1888 年）左右，王釗繪圖，俞樾題署，汪厚卿、蔡晉伯、劉豁公題詞，雲聲雨夢樓石印本問的《紅樓夢寫眞》出版後，始有如連環畫形式的《紅樓夢》圖冊。《紅樓夢寫眞》按原書回目編繪，每一回畫圖兩幅，畫面人物，根據故事情節有多有少。如《賈寶玉路謁北靜王》一圖，人物竟達近百人，而《含恥辱情烈死金釧》，圖中只畫金釧一人、餘爲蕉石藤蘿，梧桐叢竹之荒僻園景。現存原圖六十四幅，有的圖上題寫隸書回目，捺一「俞樾」朱印。有的以楷字標目，印文爲「子狆」。畫面以景物見長，軒楹高爽，窗牖精雕，欄干曲折，竹塢通幽。園中之奇石各異，插柳於水榭，植松皆當庭。按書中故事發生的季節、時間和場地，繪就出不同的花木榮枯，村郭城郊，寺廟尼庵，館衙公署，書房學塾，天上仙境……。畫工纖麗，樓臺殿閣，廊榭曲欄等建築，皆以傳統界畫技藝精繪而成。人物多創作，因《紅樓夢》雖然以「金陵十二釵」女子爲主要人物，但它不同於仕女畫，也非小說中之繡像，故較生動。《紅樓夢寫眞》圖冊，是描繪小說中每回的故事情節之作，這就需要不少世俗生活中的人物，譜入其中，才能使讀者披案閱畫，如讀小說。遺憾的是《紅樓夢寫眞》，只收到這六十四圖，然而這六十四圖也是全書《紅樓夢》主要情節之所在，從中可見其概貌。茲選出描繪當時社會中，民俗活動和貴族生活等較有歷史意義者二十四幅，以資參考研究。

135.甄士隱夢幻識通靈

（清代・上海畫冊）

石印粉紙 20×24.5 厘米

　　甄士隱（「眞事隱」的諧音）名費，乃姑蘇閶門外一鄉宦。家住葫蘆廟旁，曾資助賈雨村（假語村），名賈化（假話）赴京應考。後因家遭火災，遇跛足道人度其出家，終於坐化。圖寫長夏畫永，甄士隱午睡窗下，雙袖伏案，頭頂開竅，魂夢出於其中，離開軀體，飛升入空；空中一四柱牌樓，上題「太虛幻境」隸書四字，楹柱對聯一副。分寫：「假作眞時眞亦假」，「無爲有處有還無」。牌樓雲外，一僧一道，如邊走邊談。道出了賈寶玉是女媧補天時遺下的一塊頑石，警幻仙子留他作赤霞宮神瑛侍者。一天，他在靈河岸上行走時，見有一棵「絳珠仙草」，遂日以甘露灌漑。後來神瑛與絳珠下凡，便是林黛玉以淚還寶玉，報答灌漑之恩的《紅樓夢》故事。

甄士隱夢幻識通靈

136.賈夫人仙逝揚州城

石印粉紙 20×24.5 厘米

林如海本籍姑蘇人，娶史太君之女賈氏爲妻，因欽點爲巡鹽御史，偕卷到了揚州。大約一年有餘，夫人病逝，遺下一女，名黛玉，年方六歲。當時林如海年過半百，無意續娶，遂將女兒托賈雨村送往都中，其外祖母史太君府中。此圖描繪了賈夫人病逝後，林如海爲亡妻大辦喪事，請來和尚道姑超度亡靈，誦經念佛的場面。畫面左方，畫一廳堂，素帛結球，垂掛簷下，廳內正中，放一香案，上有瓶爐燭臺，木魚銅鐘。兩老僧雙手合十，禮佛誦經，四個和尚叩頭跪地。圖右，內室月窗之外，蕉葉舒綠，花木知春，室內設靈堂，一童子舉「接引西方林門賈氏恭人」幡幢，五個道姑合掌繞靈念經。反映了封建社會舉喪超度的眞實情況。

賈夫人仙逝揚州城

309

137.冷子興演説榮國府

（清代・上海畫冊）

石印粉紙 20×24.5 厘米

　　冷子興是都城裡的一個古董商人，他是賈府裡管家周瑞的女婿，對賈氏榮寧兩府的世系人丁等，瞭解得最爲清楚，是賈雨村的好友。賈雨村因家敗經舊友介紹，作了林黛玉的老師來到揚州。一日偶至郊外觀賞村野風光，步至一酒肆門前，巧遇冷子興，二人遂在酒肆内，閒談慢飲。當賈雨村問起都中之事，有何新聞？因此，冷子興將寧、榮二府的興衰歷史，賈寶玉喜愛女人，將來定是個色鬼無疑等等，演説一遍，使大家對《紅樓夢》小説中的賈氏家族，有了概括的印象。圖中畫茅屋酒館，冷子興手持酒盅正與賈雨村對飲談往事，窗前垂柳輕拂，燕子銜泥。板橋外，牧童横吹短笛，騎坐牛背上，水車停轉，靜息於茅亭下。遠山雲鎖，不啻一幅山水畫卷。

冷子興演說榮國府

138.接外孫賈母惜孤女

（清代·上海畫冊）

石印粉紙 20×24.5 厘米

　　賈夫人故去後，林如海托賈雨村入京之便，把黛玉送到賈府，請史太君養敎外孫女。黛玉到了賈府，見到了兩個丫頭扶著一位白髮如銀的老母迎上來，黛玉便知是外祖母了，正欲下拜，早被外祖母抱住，摟入懷中，大哭起來。黛玉也哭個不休。圖寫賈母與黛玉掩面痛哭之哀，令人心酸！畫面中的粉牆開一大月亮門，院分内外，院内，堂前綺窗高敞，欄雕鎖雲，賈母與黛玉相對哭泣。旁有王夫人等在勸慰。院外朱欄内，五個倩粧女子徐步走來，爲首者當是鳳姐，餘爲迎春、探春、惜春和丫鬟等人，齊來看望姑表姐妹黛玉姑娘。庭中的丹頂仙鶴，門前的樹石芭蕉以及環繞月亮門上的蝠雲花邊裝飾等，表現了榮國府賈母所居之環境。

接外孫賈母惜孤女

313

139.賈寶玉神遊太虛境

（清代・上海畫冊）

石印粉紙 20×24.5 厘米

314

　　寧國府梅花盛開，賈珍妻尤氏治佳酒請賈母、邢夫人、王夫人等賞花。寶玉隨賈母來到會芳園遊玩，一時倦息，欲睡午覺，賈蓉媳婦秦可卿遂引寶玉到了自己的臥室中。寶玉一入內室，便聞到一股細細的甜香，不由得眼餳骨軟。才合眼，便覺得跟著秦氏遊蕩到一仙境；一位仙姑引寶玉進入「太虛幻境」，便忘了秦氏。仙姑自云是「住在離恨天上，灌愁海中，乃放春山遣香洞警幻仙姑。司人間之風情月債，掌塵世之女怨男痴」。今日相逢，能隨吾飲美酒，觀舞聽「紅樓夢」十二支曲否？寶玉自然樂往。圖中賈寶玉睡在秦氏臥室中，丫鬟侍立於帳外。寶玉夢中升空，拱手拜見警幻仙姑；仙姑在前引導寶玉同往仙山樓閣，賞舞聽曲途中。

賈寶玉神游太虛境

315

140.警幻仙曲演紅樓夢

（清代・上海畫冊）

石印粉紙 20×24.5 厘米

　　賈寶玉旣隨警幻仙姑進入太虛幻境，不料把那些邪魔招入膏肓了。進入二層門後，先到了「薄命司」配殿中遊賞。在殿內翻看了《金陵十二釵》的「正冊」、「副冊」等。但不解其中之意，便掩了卷冊，隨警幻仙姑深入後面。只見房中走出幾個仙子，出迎警幻仙姑和寶玉，共入室內筵席座位上，飲酒品肴。席間並有素練魔舞歌姬十二人，演奏《紅樓夢》十二支新製小曲。曲終，寶玉睏倦，警幻仙姑便送其入一香閨中,令寶玉與可卿作起兒女之事。忽然夢中驚醒，故而下一回目緊接:「賈寶玉初試雲雨情」。圖中賈寶玉與痴夢仙姑、鍾情大士、引愁金女、度恨菩薩及警幻仙姑飲酒賞曲；庭中八位仙女在捧笙、吹笛、品簫伴奏，四仙女舉袂歌舞，其樂無窮。

警幻僊曲演紅樓夢

317

141.劉老老一進榮國府

（清代·上海畫冊）

石印粉紙 20×24.5 厘米

　　劉老老是與榮國府王夫人有些瓜葛的
鄉村老嫗，書中通過這一位鄉下人的觀察
和感受，敍述出了賈氏富貴之家，奢侈豪
華的生活。劉老老初進榮國府，描寫劉老
老帶著外孫板兒，仰仗王夫人陪房周瑞家
之力，看到了賈府的侯門森嚴，貴族勢派，
禮節排場，尊卑等級等等現狀，幾經曲折，
才見到了管家奶奶王熙鳳，在告難求幫的
請求下，終於得到了二十兩銀子，回歸鄉
村。圖寫庭樹葉落枝枯，松竹尚翠，已是
寒冬景色。堂屋內，王熙鳳坐於扶手椅上，
身披皮裘，手提暖爐，正向坐在腳踏板上
的劉老老對話。劉老老身旁板兒搖鼗鼓，
衆丫鬟向遊廊下的賈寶玉招手，意在請他
來見識鄉下村嫗。

劉老老一進榮國府

319

142.賈寶玉奇緣識金鎖

（清代・上海畫冊）

石印粉紙 20×24.5 厘米

　　寶釵因病臥在梨香院中，寶玉前來看望。其時，寶釵病已大好，就讓寶玉坐在炕邊，令鶯兒倒茶。寶釵坐在一旁，見寶玉項上掛著長命鎖，記名符和另一塊落草時口銜著的寶玉，從未仔細賞鑑過，便要求寶玉摘下來看。寶釵一面看，一面念玉上的字。鶯兒聽了笑道:「我聽了這兩句話，倒像和姑娘項圈上的兩句話是一對兒。」寶玉聽了，要求寶釵將內衣裡的金鎖掏了出來。寶玉看到兩面果然鏨著「不離不棄」、「芳齡永繼」篆體八個字樣。說道:「姐姐，這八個字倒和我的是一對兒。」圖寫梅花開放，冬去春來，寶玉和寶釵並坐在室內，二人互賞金玉寶物。鶯兒立在一旁伺候。隔壁圓門內，薛姨媽在打點針線與丫鬟們，反映出「金玉良緣」之說。

賈寶玉奇緣識金鎖

143.薛寶釵巧合認通靈

（清代·上海畫冊）

石印粉紙 20×24.5 厘米

此圖寫大觀園中之雪景。庭石如玉，梅開其中，孤松獨秀，高拒寒風，白雪壓屋，修竹見青，景物美不勝收。廳屋內，賈寶玉和薛寶釵二人並肩而坐，正在互相欣賞項上掛的金鎖和通靈寶玉。此時，忽聽外面人說：「林姑娘來了。」圖中的林黛玉立在廊下，欲行又止，因聽到寶玉和寶釵二人談話。黛玉進屋後，便說「哎喲我來的不巧了！」「早知他來，我就不來了。」寶玉見黛玉外面罩著大紅羽緞對襟褂子，便問：「下雪了麼?」地下老婆們說：「下了這半日了。」故圖繪梨香院雪景。畫面下題：「光緒戊子長夏吳中毅卿王釗揮汗寫」三行小字，表明作者為蘇州工筆人物畫家。繪製年代是清·光緒十四年（1888 年）。

薛寶釵巧合認通靈

144.訓劣子李貴承申飭

（清代・上海畫冊）

石印粉紙 20×24.5 厘米

此圖畫面中間，繪一蒼松直立摩空，將畫面分作兩邊。左邊書房內一立屏，上畫金獅滾球，屏前置一方桌，桌上尊挿鮮花，詩書高揲，賈政頭戴軟巾，身披員外氅，坐一雕根椅上，面對膝前幾個家僕，好像在垂問寶玉近日讀書進度如何？旁有兩個清客閑坐。畫面右邊，賈寶玉和兩個老者立於院內，地上放一書箱和細軟之包袱。全圖表現了秦鍾要到賈氏私塾上學，寶玉急於和秦鍾相聚，也準備了書筆文具，同去塾學讀書。寶玉見過了賈母、王夫人後，又到書房去見賈政請安，稟告上學去。賈政見寶玉申斥他不如玩去是正經！清客們勸解，兩個年紀老的把寶玉領了出去。賈政問誰跟寶玉去？李貴等，緊步進去回說：「奴輩。」又遭賈政之申飭。

145.嗔頑童茗烟鬧書房

（清代·上海畫冊）

石印粉紙 20×24.5 厘米

　　賈氏義學離榮國府不遠，寶玉和秦鍾上學同來同往，二人相當親熱。學生中便有些風言風語，詬誶謠諑。更因薛蟠假來說上學，在學塾裡擠眉弄眼，欺侮年小的；還有個金榮、賈瑞，都是勒索子弟們，找些小便宜者。這日塾師賈代儒有事回家，秦鍾和一個外號「香憐」的假出小便，二人在後院說話。金榮看到便胡說他二人親嘴摸屁股，……。事被寶玉身邊的茗烟知道了，闖進屋裡揪住金榮，就罵起來了。賈瑞管不了，兩派學生互相打起架來。圖中一學塾，正中放一書桌，椅空塾師不在。桌前賈瑞戴儒巾，在勸解對打的頑童，嚇得小學生伏在書桌下。門外兩個戴瓜皮小帽的賈府僕人擺搖雙手，勸勿動手。刻畫了舊時學塾真象。

嗔頑童茗烟鬧書房

327

146.慶壽辰寧府排家宴

（清代・上海畫冊）

石印粉紙 20×24.5 厘米

　　賈敬壽辰，邢夫人、王夫人、鳳姐兒、
寶玉都被賈珍並尤氏接了過來；賈母因欠
安，沒有來赴宴。飯後大家齊到會芳園來
聽戲，鳳姐因去看望秦氏，晚到。臺上已
演《雙官誥》。尤氏拿戲單讓鳳姐點戲，鳳
姐點了《還魂》和《彈詞》兩齣。圖上，
畫寧國府戲樓上王夫人、邢夫人、鳳姐等
飲酒聽戲。樓前倚欄者王熙鳳，桌旁老婦
人爲尤氏的母親。邢夫人、王夫人等面對
戲臺而坐，丫鬟端盤送盞，行走於廊下。
對面戲臺上，四個角色扮演《雙官誥》的
故事。按：此戲與今日舞臺演出的《三娘
教子》相符合，惟圖中多一老旦秉燭，可
供研究戲曲者參考。全圖樓閣建築華麗，
戲臺格局寫實。今北京恭王府尚存類似此
圖之戲臺一座。

慶壽辰寧府排家宴

147.見熙鳳賈瑞起淫心

（清代‧上海畫冊）

石印粉紙 20×24.5 厘米

　　寧國府賈敬壽辰，賈代儒之孫賈瑞亦往祝賀。因見王熙鳳貌美，藏在會芳園的假山石後，等候鳳姐路過此處時，假獻殷勤，以圖親近。王熙鳳是個伶俐人，看望秦氏後，園中遇到賈瑞，幾句話後，便知賈瑞存心不良，乃說我要到太太那邊去，等閑了再會罷。賈瑞不走，又說了些輕佻的話兒，鳳姐說：「你快去入席去罷，看他們拿住了，罰你的酒。」賈瑞這才走開。此後賈瑞果然中了鳳姐毒計，死在鳳姐手裡。圖寫長廊水榭，一鶴飛舞池上，石架長橋，曲折穿越院外。秋庭院落，葵花正開，碧石苔蒼。賈瑞頭紮巾，穿花袍，拱手作揖，相對王熙鳳；王熙鳳衣裝華美，佩玉掛鎖，手向後指，如說：快去入席罷。刻畫了賈瑞起淫心之醜態。

見熙鳳賈瑞起淫心

王叙御画於吳中

148.林如海捐館揚州城

（清代·上海畫冊）

石印粉紙 20×24.5 厘米

黛玉之父林如海，欽點巡鹽御史，常住揚州，可謂官運亨通。誰知這年冬天臘月，林如海身染重疾。因夫人早故，身邊無人，寫信至賈府，特接黛玉回去。寶玉正無可奈何，聽賈母要賈璉送黛玉，仍叫帶回來，寶玉才無話可說。轉年九月，蘇州來人說：林姑老爺病歿，二爺帶了林姑娘將姑老爺的靈送到蘇州後，年底趕回來。所以此回又名「林如海靈返蘇州郡」。按《國策·趙策》：「今幸奉陽君捐館舍。」捐館舍即棄不復住之義。林如海死於揚州，故曰「捐館」。此圖為舊時官衙之規模，正門為三開間，兩頭築閃牆。前豎一刁斗旗杆，上掛「兩淮鹽運使司」旗號。門內、過廳內，排列「御賜祭酒」、「中議大夫」、「奉旨入城」等官銜字牌，反映了死者官職哀榮。

149.賈寶玉路謁北靜王

（清代・上海畫冊）

石印粉紙 20×24.5 厘米

　　圖寫秦可卿死後,移靈到城外鐵檻寺。出殯之日，前面銘旌上寫「……御前侍衛龍禁尉享強壽賈門秦氏宜人之靈柩。」後則是高照燈籠，旗鑼開道以及金瓜、玉斧、朝天鐙等一應執事，光彩奪目。最後是和尚道士捧香念經，影轎靈柩，如往日豪門出喪之排場。路上還有蓆棚高搭，設席奏樂，俱是各親王貴戚所設之路祭。畫面右下方，畫北靜王，公畢乘坐大轎，鳴鑼張傘來到棚前；賈珍聞報，忙同賈政、賈赦同以國禮相見。北靜王即令長官前往主祭代奠，賈赦等陪禮，復來轎前回謝。北靜王問道銜玉而生的公子時，賈政即命寶玉整衣來見。北靜王見到寶玉，讚美不已，賜以腕上念珠一串，打轎回府的細節。

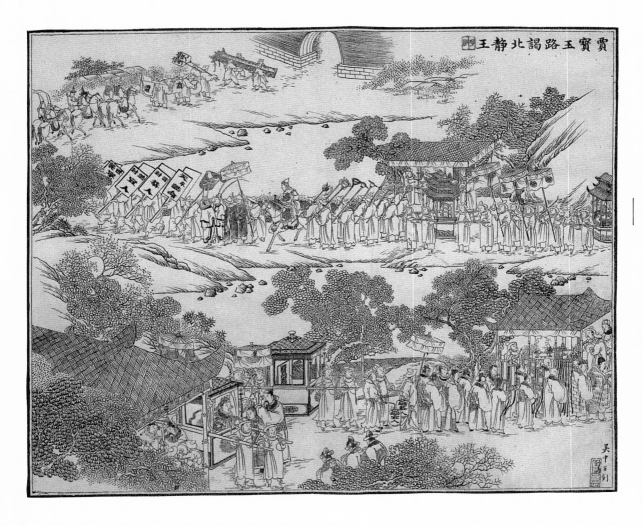

賈寶玉路謁北靜王

150.榮國府歸省慶元宵

（清代・上海畫冊）

石印粉紙 20×24.5 厘米

　　賈政生日，忽報太監夏秉忠特來降旨。賈政隨即更衣入朝，方知長女元春受封爲鳳藻宮尚書。這年正月十五日五鼓（即五更，晨三點到五點），因元妃奉旨回家省父母，賈府即準備迎接鑾輿，全家直等到戌時（晚七時以後）才聞得遠遠有鼓樂之聲，漸漸走近。又見一對對鳳翠龍旌，雉羽宮扇，又有銷金提爐，燃著御香，後隨一把曲柄七鳳金黃傘蓋，又有執事太監捧香巾、繡帕、漱盂、拂塵等物。最後是八個太監抬著一乘金頂鵝黃繡鳳鑾輿，緩緩而來。圖中榮國府正門大開，門裡賈母及王夫人等按品級排列迎候貴妃；門外則是賈政、寶玉等捧笏恭立。鑾輿儀仗，一如小說描述。貴妃坐在轎內，頭戴珠翠鳳冠如后妃裝束。

榮國府歸省慶元宵

151.皇恩重元妃省父母

（清代‧上海畫冊）

石印粉紙 20×24.5 厘米

338

　　圖中廳堂宏麗，遊廊曲折，窗格雕花，欄楯玉砌。瓦當簷下，彩燈高懸，流雲繚繞於勁松，明月高照映紅梅。賈母屋內，案陳古籍，盆供靈芝，佈置高雅不俗。窗前賈元春一手挽賈母，一手挽著王夫人，垂淚欲語而又說不出，只是嗚咽對泣而已。邢夫人、李紈等垂淚於旁。窗外走廊上，有外戚和寶玉等，候旨待見。粉壁遊廊下，有彩嬪昭容等侍從六人，皆戴紅纓額子，下垂流蘇，穿宮衣，披雲肩，手提香爐、彩燈，等候隨駕。元春見過了全家老少後，起駕遊園，又命從人以筆墨紙硯伺候，輕拂詩箋，因題此園之總名，曰「大觀園」。

皇恩重元妃省父母

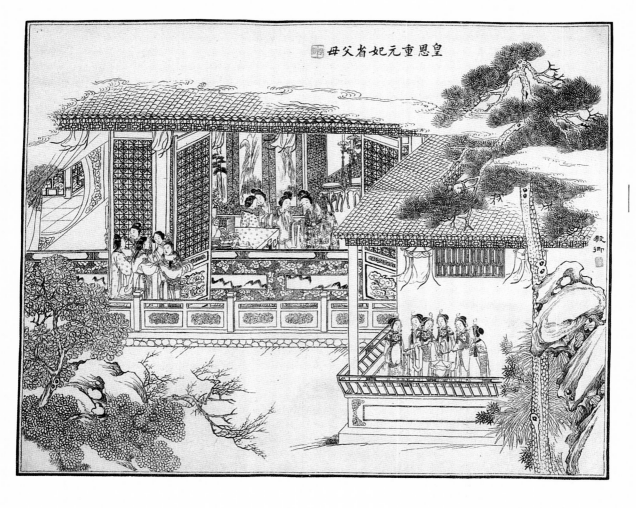

152.聽曲文寶玉悟禪機

（清代·上海畫冊）

石印粉紙 20×24.5 厘米

寶釵生日，賈母拿出二十兩銀子辦酒戲，湊熱鬧。先在賈母內院搭了個小巧戲臺，定了一班新齣的小戲，昆弋兩腔俱有。生日的這天，就在賈母上房擺了幾桌酒席，吃飯後，大家點戲。上酒席時，寶釵點了一齣《山門》。演出結束，鳳姐說其中一小旦像一個人，大家心知像誰，都不指出，湘雲便口說是像林姐姐模樣。寶玉聽了，忙向湘雲瞅了一眼。因此湘雲不滿，黛玉也不滿，都不理寶玉。寶玉回屋好不苦悶，不覺淚下。至案邊，提筆寫一偈：「你證我證，心證意證。是無有證，斯可云證。無可云證，是立足境。」寶釵見此偈語，又續「無立足境，方是乾淨」兩句。已達到了禪家妙境。圖寫眾人在看戲臺上演魯智深醉打「山門」。

聽曲文寶玉悟禪機

153.製燈謎賈政悲讖語

（清代・上海畫冊）

石印粉紙 20×24.5 厘米

畫面上繪一大圍屏，裱以竹柳花卉條幅，圍屏前設圓桌一，方桌二，桌前有賈母、寶玉、迎春、探春、黛玉、王夫人、湘雲、惜春、王熙鳳、李紈等坐於席間，眾丫鬟捧壺送酒。桌旁一立屏，上粘謎語十餘則，賈政戴垂脚幞頭，穿朝服繫玉帶，躬身在看謎面。屋內明燈高懸，地上炭盆生煖。全圖除賈政、寶玉、賈蘭三人外，其餘二十多人皆脂粉倩粧之美人。故事説：元春娘娘從宮裡送出謎語一則，要賈府眾姐妹猜，同時又要每人製一燈謎帶回給娘娘猜。其中寶釵寫的「有眼無珠腹內空，荷花出水喜相逢。梧桐葉落分離別，恩愛夫妻不到冬。」賈政看罷，聯想到元春謎底是「爆竹」，以爲都是不祥之兆。

製燈謎賈政悲讖語

154.蜂腰橋設言傳心事

（清代・上海畫冊）

石印粉紙 20×24.5 厘米

　　蜂腰橋在大觀園西路沁芳溪之中游，因水流至此橋時，河床最窄，如蜂腰之細，故以此名橋。橋北可達蘅蕪苑、蘆雪庵；南去瀟湘館、怡紅院等必經之地。此圖中的蜂腰橋，是以條石板搭築，橋上輔以雕花欄杆。對岸一溜迴廊，通向湖心閣，閣雙層六面，花窗雕欄，可助遠眺。橋頭一邊，細柳拂水，樹下假山空靈，蕉葉新綠。其間，賈芸和小紅、墜兒如在柳下閑話。原來賈芸在大觀園種樹時，揀了一塊羅帕，是寶玉屋中丫鬟小紅丟失的。幾天過後，寶玉要賈芸進來說話，墜兒便從園外將賈芸引了進來。路過蜂腰橋時，小紅正在那裡，小紅故與墜兒說話，雙目卻看著賈芸。待墜兒送賈芸出園時，才知小紅和賈芸因羅帕互有心意。

蜂腰橋設言傳心事

155.瀟湘館春睏發幽情

（清代・上海畫冊）

石印粉紙 20×24.5 厘米

　　賈寶玉因受馬道婆的魔法患病，得到癩和尚解救後，病漸痊癒。這天寶玉無精打彩地出來閑逛，一徑來到了鳳尾森森，龍吟細細的竹林中，見瀟湘館裡靜悄悄，寥無人聲。寶玉輕輕移步，走到窗前，聞到一股幽香，從碧紗窗中隱隱透出。寶玉將臉湊到紗窗上向內看時，聽到有人細細長嘆一聲，道：「每日家，情思睡昏昏！」再看時，只見黛玉午睡初醒，玉臂高舒，倚臥床上伸懶腰。圖寫此景。按：「每日家，情思睡昏昏。」是《西廂記》崔鶯鶯思念張生的曲詞中之句。原文：「『油葫蘆』翠被生寒壓繡裀，休將蘭麝薰……這些時坐又不安，睡又不穩，我欲待登臨又不快，閑行又悶。每日價（家）情思睡昏昏。」寓有黛玉思念寶玉之意。

156.享福人福深還禱福

（清代・上海畫冊）

石印粉紙 20×24.5 厘米

　　圖寫蒼松勁柏，濃鬱清香，一垂脊螭吻，歇山頂的宮殿，隱藏在其中。林樹之前，有廟臺高築，疊石爲階，欄板雕以祥雲花紋。賈母和寶玉率賈府主婦、女僕共十八人，拾階而上。臺上一頭戴蓮冠，身披道袍的長老，舉袖齊額，向賈母作迎候之禮。後有靈宮寶殿，殿門大開，内設香案於天尊龕前，鐘皷放在幡幢之下，以備拈香奏樂。刻畫了清虛觀宏麗的雄偉建築。五月初一日這天，賈母爲貴妃做功德事，親自到道觀拈香。隨從而來的有：李紈、鳳姐、薛姨媽每人一乘四人轎，寶釵、黛玉二人共坐一輛翠蓋珠纓八寶車，迎春、探春、惜春三人坐一輛朱輪華蓋車……熱鬧非凡的排場。

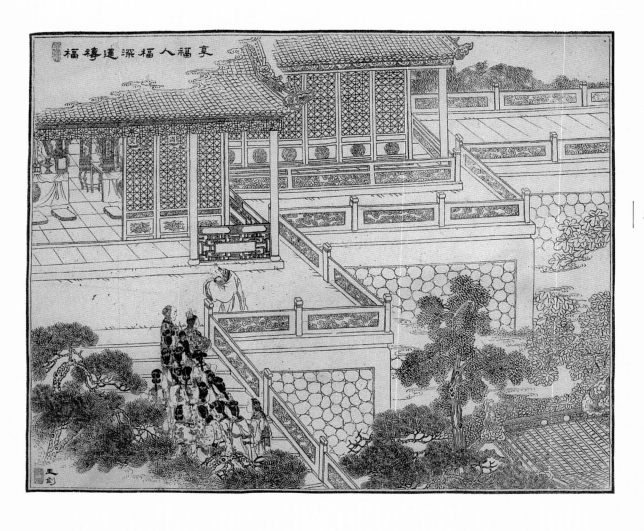

157.訴肺腑心迷活寶玉

石印粉紙 20×24.5 厘米

350

　　賈寶玉和湘雲因説金麒麟失而復得的
事，坐在屋裡閑話。正説著，有人來報：
「興隆街的大爺來了，老爺叫二爺出去
會。」寶玉便知賈雨村到。換了衣服向外走
去，見黛玉在前慢慢走著，便忙趕著上來，
解釋和湘雲的關係，便説了句「你放心」。
黛玉回答説:「我有什麼不放心的？我不明
白你這話。」寶玉嘆了口氣，問道:「難道
我素日在你身上的心都用錯了？連你的意
思若體貼不著，就難怪你天天爲我生氣
了。」又説:「你皆因都是不放心的緣故，
才弄了一身的病……。」黛玉聽了，竟比自
己肺腑掏出來的還懇切，扭頭回向瀟湘館
去了。圖中石礨券門内，寶玉向黛玉敍述
心裡話。遠處池中一對鴛鴦浮水，荷葉滿
塘，畫出了時節正當仲夏。

訴肺腑心迷活寶玉

吳門殷樹柏創意於揮毫館

351

158.含恥辱情烈死金釧

（清代・上海畫冊）

石印粉紙 20×24.5 厘米

王夫人丫鬟金釧，因和寶玉説：「你忙
什麼，金簪掉在井裡頭，——有你的，只
是有你的。」這時金釧在給王夫人午睡搧
涼，被王夫聽到，翻身起來，打了金釧一
個嘴巴，便叫玉釧把他媽媽叫來，帶金釧
出去；金釧哭跪在地，苦苦哀求，王夫人
不肯，那金釧兒含羞忍辱地隨著媽媽出去。
金釧被撵出賈府，在家裡哭天抹淚。幾天
後，竟投到園内東南角的井裡死了。圖中
畫亂石重疊，籐蘿高架，桐樹挺拔，樹下
有石井一口。丫鬟金釧頭紮偏髻，穿衣裙，
繫帔肩，以袖掩面，不勝悲泣，似在自裁
之前猶豫未決。身後一「催命鬼」，青面獠
牙，赤足裸體，以手指井，教金釧投井尋
死。空中明月高懸，園門外，寥無人跡，
表現了夜深人靜，少女金釧的可憐命運！

含恥
辱情
烈死
釧盒

讓熙攘的人生　妝點翠微的新意

滄海美術叢書

深情等待與您相遇

藝術特輯

◎萬曆帝后的衣櫥——明定陵絲織集錦　　王　岩　編撰

萬曆帝后的衣櫥——

明定陵絲織集錦　　　王　岩　編撰

　　由最初始的掩身蔽體，嬗變到爾後繁富的文化表徵，中國
的服飾藝術，一直就與整體的環境密不可分，並在一定的程度
上，具體反映了當時的政治、社會結構與經濟情況。明定陵的
挖掘，印證了我們對於歷史的一些想像，更讓我們見到了有明
一代，在服飾藝術上的成就！

　　作者現任職於北京社科院考古研究所，以其專業的素養，
結合現代的攝影、繪圖技法，使得本書除了絲織藝術的展現外
，也提供給讀者豐富的人文感受與歷史再現。

藝 術 史

◎五月與東方——　　　　　　　　　　　　　　　　蕭瓊瑞　著
　　中國美術現代化運動在戰後臺灣之發展（1945～1970）

◎藝術史學的基礎　　曾堉／葉劉天增　譯

◎中國繪畫思想史（本書榮獲81年金鼎獎圖書著作獎）　　高木森　著

◎儺史——中國儺文化概論　　林　河　著

◎中國美術年表　　曾堉　著

◎美的抗爭——高爾泰文選之一　　高爾泰　著

◎橫看成嶺側成峰　　薛永年　著

◎江山代有才人出　　薛永年　著

儺史——中國儺文化概論　　　　　　　　林　河　著

　　當你的心靈被侗鄉苗寨的風土民俗深深感動的時候，可知牽引你的，正是這個溯源自上古時代就存在的野性文化？它現今仍普遍地存在於民間的巫文化和戲劇、舞蹈、禮俗及生活當中。

　　來自百越文化古國度的侗族學者林河，以他一生、全人的精力，實地去考察、整理，解明了蘊藏在儺文化裡頭的豐富內涵。對儺文化稍有認識的你，此書值得一讀；對儺文化完全陌生的你，此書更需要細看。